PEDRO GONZÁLEZ MUNNÉ

I0567667

REHENES
DEL ODIO

EDITORIAL LETRA VIVA
CORAL GABLES, LA FLORIDA

ISBN: 0-976-2070-3-6
ISBN-13: 978-0976207030

Printed in the United States of America

A LOS MÍOS

Introducción

Este libro contiene artículos publicados en el tabloide *La Nación Cubana*, desde Septiembre de 2000 a 2005.

El artículo *Las Orillas de Caos* que da título a este libro es parte de ellos.

Este libro recoge además cartas enviadas por *Los Cinco* al colectivo de La Nación Cubana.

Como periodista y escritor, Pedro González Munné fue una figura controversial, desde que en su natal Pinar del Río, Cuba, fundara en la década de los 60 con un grupo de amigos el movimiento de Talleres Literarios, fuente de la desaparecida Brigada *Hermanos Saíz*, de escritores y artistas jóvenes.

Sin ser nunca miembro de ningún partido político en su isla natal, aun cuando de la afiliación política dependía la posibilidad de realizar estudios universitarios, se graduó de Periodismo en 1974 en la Universidad de La Habana,

En su labor profesional e intelectual acumuló diferentes reconocimientos, como los premios nacionales *Primero de Enero* de Historia (1978) con el libro *Soldados del Pueblo*, el *Juan Manuel Márquez* (1986) de reportaje en televisión y el *Sol de Cuba* (1986) del Instituto de Turismo, también para la televisión.

Fue uno de los más jóvenes periodistas *Vanguardias Nacionales* (1985) del Sindicato de Trabajadores de la Cultura de Cuba y desde su trabajo como reportero de provincia, llegó a ser analista internacional en el sistema de televisión del país y Corresponsal de Guerra en Vietnam y Cambodia (1987).

En las purgas a la prensa cubana a principios de los años 90 fue expulsado de su trabajo y de todas las organizaciones sociales y profesionales a las que pertenecía, emigrando en 1991 a los Estados Unidos.

Vetado por la gran prensa de Miami que ha cerrado sus páginas a muchos otros periodistas cubanos, dirige hoy el tabloide *La Nación Cubana*.

En los Estados Unidos como inmigrante, ha realizado diferentes trabajos, entre ellos el espacio radial *Dominio Público* (1998) en la programación de *Radio Progreso* y fue editor de las revistas *Player* y *Aboard* y profesor de escuelas locales de educación superior, entre otros.

ÍNDICE

Libro Tercero

DEMÓCRATAS POR CUBA

Decía Ernesto 'Che" Guevara que en los imperialistas no se podía confiar "ni un tantito así..." y esa expresión viene a la mente a la hora de evaluar a los políticos y sus promesas en épocas de empaña electoral en este país.

No es que no existan personas honestas que a veces quieren pero no pueden llegar más allá de sus verdaderos sentimientos.

Por algo el sabio chino decía: "la política es el arte de lo posible". Un ejemplo ha sido la represión contra las figuras de la vida pública en el sur de la Florida, donde al grito de "comunista" se dan aún linchamientos en esta parte del mundo.

Por compromisos políticos personas ignorantes y soberbias han sido nombradas a cargos públicos, donde con sus estúpidas acciones han provocado, no sólo el rechazo de la opinión pública norteamericana, sino internacional.

El condado Miami-Dade ha perdido posibilidades de desarrollo y publicidad para un área del país dedicada al turismo, fuente de gran parte de los ingresos para sus pequeños negocios.

Miami-Dade ha perdido los juegos panamericanos, entre otros eventos deportivos, así como otros importantes acontecimientos culturales relacionados con la música, el cine y tantos otros que sería interminable enumerar.

Es hora ya de "salir del closet", de pararse a plena luz pública y decir cómo verdaderamente pensamos y sobre todo, en el caso de nuestros representantes y funcionarios electos, realizar la labor por la cual han destinado su vida a la carrera política, sin temores, ni dobleces.

Nunca antes estuvimos más cerca de tener relaciones normales entre Cuba y los Estados Unidos que con las administraciones demócratas, ni nunca fue mejor utilizada la soberbia y la estupidez de un grupo mafioso que ha controlado durante demasiado tiempo al sur de la Florida para dirigirlo en contra de su propia destrucción.

Si en las próximas elecciones, los candidatos a las diferentes posiciones de base, estado y nacionales, lograran el respaldo de una administración saliente que eliminara de un plumazo un error histórico que ha durado por cuatro décadas, tal vez tuviéramos como electores el estímulo para apoyar a algunos que no han mostrado, ni un verdadero interés en resolver los problemas, ni la voluntad de plantear en público lo que comentan con los amigos y los asesores.

Las relaciones de Estados Unidos con Cuba, la eliminación de un embargo genocida e insensato contra una pequeña nación de 12 millones de habitantes que escogió su propio destino sin el poderoso país del norte y la reunificación de la familia cubana, no deben ser temas de politiquería barata sino decisiones de quienes tienen el deber moral con sus electores de tomarlas.

Tal vez prefieran pasar a la historia con esas credenciales y no las de corrupción e inmoralidad de las cuales estamos hastiados, no sólo en la capital, sino en nuestro propio patio.

Publicado en La Nación Cubana. Septiembre 2000

A LOS QUE SE VAN…
¿QUÉ NO REGRESEN?

Durante años una de las principales armas del imperialismo norteamericano contra Cuba y los países socialistas era la promoción de la deserción. Desde el punto de vista del otro lado de la cortina era un crimen de lesa humanidad el abandonar los proyectos revolucionarios y como tal, si decidían hacerlo abiertamente, las personas perdían todo derecho en la sociedad.

La instigación oficializada llegó a nivel de ley, sancionada como Ajuste Cubano bajo la firma del entonces presidente Lindon B. Jonhson, juramentado tras el asesinato de John F. Kennedy. Sin embargo esta política pasó de moda y ahora es una papa caliente, pues la palabra inmigración es terreno movedizo para todo candidato a las innumerables elecciones de cada día en este país.

La sociedad norteamericana actual no necesita inmigrantes, no en una economía volcada a los servicios y a la tecnología. Aquí decenas de millones no tienen trabajo y otros tantos esquivan el hambre en sub empleos, figura para englobar a quienes ganan menos de $15,000 al año (el promedio de la familia cubana es de $21,000), apenas suficiente para morirse a plazos.

En el sur de la Florida, la corrupción impune y el gansterismo político de un grupo cubano americanos, más interesado en saquear el tesoro público de condados, ciudades y el propio estado que su publicitado propósito de luchar por la libertad de Cuba, secó el flujo de capitales y congeló el desarrollo local, de forma tal que la principal fuente de dinero fresco hoy son las fugas desde Venezuela y Colombia.

Quienes destruyeron un país y provocaron el levantamiento de un pueblo entero ante la sangrienta dictadura que vendió la nación al gringo, el cual muy a su pesar los acogió cuando la Revolución cubana de 1959, ahogan ahora a este mismo territorio donde se asentaron y son un obstáculo para el desarrollo del capital norteamericano en el área y el Caribe.

Ellos son los que cabildean y chantajean para mantener un embargo sin sentido, el cual obliga a cientos de miles de ciudadanos y residentes norteamericanos a viajar a Cuba en organizaciones aéreas que no respetan las propias regulaciones norteamericanas de aviación, ni siquiera las tarifas internacionales para vuelos de corta distancia.

Pero estos *malandros* no son únicos. Sí, ellos aún utilizan el estímulo a la deserción para desestabilizar a la sociedad cubana y apoyan el mantenimiento del embargo, pero tienen aliados poderosos con quienes en la sombra, lucran con la separación de la familia cubana. Es la industria de la nostalgia.

Mientras exista la ley de Ajuste Cubano habrá deserciones, muertes en el mar y sietemesinos, deslumbrados por la fachada de un Miami exitoso, de avenidas empedradas de oro: la quimera con pies de barro montada por la propaganda.

Pero la madeja de trámites y costos sin fin a que se ve obligado el inmigrante cubano promedio -los ricos no tienen familia, amigos ni nada que hacer en Cuba-, es una barrera mucho mayor a la reunificación familiar y a la reinserción normal de la emigración a su país natal que una ley obsoleta cuyo fin se avizora.

Sin olvidarnos de las absurdas y complejas regulaciones norteamericanas, ¿por qué razón un cubano residente en los Estados Unidos que emigró hace menos de 30 años debe pagar más de $800 en trámites y pasajes para ir a su propio país, apenas a 90 millas de las costas norteamericanas?

¿Por qué razón las cientos de agencias de viajes ilegales surgidas en todos los rincones de las comunidades cubanas en la Florida, Nueva Jersey, Illinois, California y Puerto Rico, esquilman a quienes pretenden viajar, sin ser molestados por el Departamento del Tesoro federal, cuyos funcionarios acosan a los *charteadores* (compañías que sirven de transportistas aéreos bajo el embargo) y agencias de viajes legalmente constituidas?

¿Es tan difícil organizar en el sur de la Florida, de donde parte la mayoría de los viajeros, la atención a los trámites legales de éstos, cuando en la práctica funcionarios consulares cubanos viajan a la región cotidianamente, lo cual eliminaría que la operación de pasaportes, visados y tantos otros procedimientos legales esté en manos de improvisados comerciantes, muchas veces sin las licencias exigidas por las leyes de los dos países?

Toda nación tiene derecho a defender sus fronteras, sobre todo de los ataques terroristas y malévolos de quienes han promovido durante cuarenta años el embargo, la guerra abierta y el genocidio contra el pueblo cubano, pero ¿es lógico que una persona que viaja frecuentemente a ver a su familia necesite aplicar una y otra vez por una visa para ir a su propio país, esperar tres semanas para obtener ese permiso y pagar $135 dólares en efectivo a un comerciante -muchas veces ilegal- para obtener ese permiso?

El determinar, perseguir y aplicar la ley a los delincuentes está en manos del Estado y sus agentes, pero ¿por qué la misma regla se aplica a ciudadanos comunes o posibles criminales, repitiendo cada vez el complejo procedimiento de ingreso? ¿O se trata de un estrecho criterio *economicista* para proteger los intereses de organizaciones burocráticas o de funcionarios incompetentes en instituciones ineficientes?

La respuesta está en que la mayoría de las personas involucradas en la lucrativa industria de viajes del sur de la Florida y otros estados no están interesadas en un cambio de la situación, sino solamente en la extensión del embargo que les permite esquilmar sin misericordia a quienes pretenden viajar a la isla, culpando siempre al Gobierno cubano de los altos precios que ellos mismos establecen.

Personajes que se venden como grandes amigos de Cuba y quienes después se mofan de los propios funcionarios cubanos a quienes dicen tirar las migajas de su éxito en sus frecuentes visitas a la isla, son incapaces de aportar un centavo de ese dinero tomado del sudor y la sangre de nuestra comunidad para organizar el cabildeo en los centros de poder de ese país y lograr la flexibilización del embargo, o la normalización de los viajes, lo cual afectaría sus ganancias.

Ellos son los consejeros permanentes, quienes engrasan a todo oyente atento en su propósito de mantener e incrementar los costos de esos viajes, por supuesto que en bien de su propio beneficio. No les interesa que la economía cubana reciba los dólares dejados de invertir en la preparación de los viajes, pues lo que el familiar deja de gastar aquí, lo gastaría en su visita a la isla.

Quienes hoy contribuyen a la separación de la familia cubana no son solamente las criminales y genocidas leyes que mantienen el embargo, o quienes lucran y viven de la industria de la nostalgia, son también aquellos que se dejan influenciar, levantando con su inercia e ineficiencia barreras a los viajes familiares, manteniendo la imagen falaz de considerar enemigo a todo el que emigró de Cuba.

Han pasado cuarenta años, la Revolución marcó a nuevas generaciones no sólo en la isla y recordemos que sin ella como comunidad nunca seríamos más que una gota de arena en el océano étnico que conforma a la sociedad norteamericana, pero algunos no hemos aprendido a sobreponer principios y raciocinio, a envidia y rencor.

Mientras miremos más a nuestro reflejo en el norte que a la raíz amarga de nuestra realidad, y nos deslumbren los oropeles de los especialistas en complacer, vetándonos la voz de quienes llevan a Cuba en el corazón, seguiremos siendo tan sietemesinos como los infelices que se aventuran a una visa para un sueño.

El perdón no se otorga, pues nadie tiene derecho a la primera piedra. Con la aceptación de nuestros errores y miserias viene el camino a la justicia. ¿No era ése el propósito original de tanto sacrificio y negación? Es hora de ser los de siempre, a pesar de nosotros mismos.

LNC Septiembre 2000

LAS 30 MONEDAS DEL EXILIO

No lo decimos nosotros, ni siquiera nos lo contaron sino que lo publica el Miami Herald: se acaban los fondos para las organizaciones exiliadas que llevan media década *luchando por la libertad de Cuba.*

El invento de vivir sin trabajar ha ido desde las colectas públicas, los radio maratones, las amenazas y boicots a comerciantes y hombres de negocios de la comunidad, hasta las agresiones físicas para vivir de la *payola* política, un lucrativo subsidio para estos *próceres* de pacotilla.

Pero se seca la fuente y a pesar de planteamientos como el reciente de la representante Ileana Ros-Lehtinen, republicana de Miami, a la secretaria de Estado Condolezza Rice, las entregas a través del Fondo de Apoyo Económico (ESF), del Departamento de Estado, los fondos no llegan.

Ese dinero debía distribuirse a través de la USAID, la cual en el año fiscal 2004, entregó $21.3 millones para programas sobre Cuba. La cifra disminuyó a $9 millones en el 2006, aunque el Departamento de Estado dice que agregó $2 millones para a través de su Programa de Asistencia para el Desarrollo.

Estos dineros de las relaciones con el exterior del Gobierno federal, pagan páginas de Internet, revistas, programas de radio y sobre todo el acomodado medio de vida de las mil y una organizaciones que pululan en las calles de nuestras comunidades, en el *bochinche* unas con otras y sus enfrentados planes para el *futuro* de Cuba.

Sin embargo, las que en realidad reciben dinero federal tienen características especiales. Sus directivos han sido o son agentes de las agencias de inteligencia del Gobierno norteamericano y muchos han recibido entrenamiento militar con participación en operaciones bélicas, algunas encubiertas, otras no.

Las líneas que desarrollan estas organizaciones y los medios que utilizan para la propaganda en Cuba y en las comunidades de emigrados cubanos, violan las propias leyes federales del embargo a la isla, porque envían dinero, equipos y recursos a la isla sin tener las licencias exigidas por las regulaciones actuales.

Además de eso, operan en territorio norteamericano sin declarar su condición de agentes pagados, subvencionados y entrenados por el Gobierno federal norteamericano para operaciones de sabotaje, terrorismo e inteligencia.

Está en la guía telefónica, por si quieren comprobar esto que les decimos y ver por sí mismos, dónde radican estos *bastiones de la libertad* pagados y entrenados con dinero de nuestros impuestos y en la lucha constante por sobrevivir con el sudor del de enfrente.

Pero todo se acaba en la vida y al tío Sam ya no le es negocio mantener a estos *luchadores de la libertad* sin un beneficio evidente. Así que ahora les toca hacer la *cola del welfare* y vivir de otros cuentos, porque éste, se les está acabando.

LNC Septiembre 2000

Confesiones íntimas
de una mujer pública

Ella no ha visto la película Striper de Demy Moore. Trabaja siete días a la semana doce horas diarias y a pesar de sus ajetreados 22 años le duelen los riñones y los pies, tiene mala la espalda de tanto dar cintura y como todas las bailarinas, trabaja muy duro por su dinero. Respeta y se da a respetar. Esa es su regla de oro.

LA NACION: ¿Cuál es el nombre que tú quieres que se use?

Michele

LA NACION: La pregunta más difícil que se le hace siempre a una mujer: ¿que edad tienes?

Michele: 22 años.

LA NACION: Michele, ¿dónde naciste...?

Michele: Nací en Cuba, en Pinar del Río. No me acuerdo muy bien del lugar, pero sé que fue por la carretera a San Juan y Martínez. Somos tres hermanos, dos varones y yo... Todos están allá.

LA NACION: ¿Y tienes familia aquí...?

Michele: No ninguna, mi hija Brenda solamente...

LA NACION: Un nombre americano...

Michele: Bueno, porque vi una película y salió el nombre de Brenda.

LA NACION: Hablemos de tus estudios ¿...cuál fue el último nivel que terminaste?

Michele: El onceno grado allá en Cuba.

LA NACION: ¿Cuándo viniste?

Michele: Llegué aquí con 15 años, con el Papá de la niña mía. Ella nació aquí, salí embarazada aquí y ella nació americana.

LA NACION: ¿Cómo te decidiste a hacer un trabajo como éste?

Michele: Bueno, eh... Fue en gran parte la necesidad, de sobrevivir, de salir adelante y... bueno, aquí estoy.

LA NACION: ¿Y tu esposo...?

Michele: Soy madre soltera.

LA NACION: ¿Hay muchas muchachas trabajando en esto en esa situación?

Michele: Sí, casi todas son madres solteras, la mayoría...

LA NACION: ¿Hacen otra cosa aparte de ser *exotic dancers*?

Michele: Ah...bueno... I *don't know.* Lo único que sé es que yo no hago otra cosa más que ser una *striper*, pero hay algunas que si, tienen otro trabajo.

LA NACION: ¿Tienes esperanza o idea de estudiar o hacer otra cosa a tus 22 años?

Michele: Sí, como no. Voy a estudiar, tan pronto mi niña empiece la escuela en septiembre voy a empezar la escuela por el día y a trabajar por la noche.

LA NACION: ¿Hasta qué hora trabajas?

Michele: Hay veces que me acuesto después de las 4 de la madrugada. Otras a las seis de la mañana, cuando empiezo muy tarde.

LA NACION: Sabes, a los médicos por ejemplo les sucede una cosa. Cuando se acostumbran a operar, llega un momento en que se insensibilizan ante la acción que ejecutan en la mesa del quirófano. ¿Logran ustedes comportarse así en el escenario?

Michele: Sí, es verdad. Uno se adapta a este tipo de trabajo también. Sabe que... no todas las personas que van allí son lo mismo, hay quienes van porque se separaron de la esposa, algo así...

LA NACION: ¿Pero me imagino también que algunos no están muy bien de la cabeza...?

Michele: Seguro que no. Muchas personas que van allí sí son pervertidos sexuales. Ese tipo de cosas sucede también.

LA NACION: El público se hace acerca de ustedes, tanto mujeres como hombres, imágenes que son en muy diferentes de la realidad, sobre todo nosotros los latinos. ¿En el caso de los americanos, crees que ven de otra forma el trabajo de una *striper*?

Michele: No, no lo creo. Muchas personas, sobre todo los americanos que van ahí, entienden el trabajo de nosotras como mujeres que están para satisfacerles los placeres a ellos. O sea que no somos *striper girls*, somos mujeres para que ellos se satisfagan como hombres...

LA NACION: ¿...o sea mucho más allá de un espectáculo de una bailarina normal?

Michele: Ellos no lo ven así, ellos lo ven de una manera más complicada...

LA NACION: ¿...y el hispano?

Michele: Bueno, en muchos casos el hispano tampoco lo ve así, pero la mayoría de ellos, de los hispanos, saben que nosotros somos muchachas de baile, tú sabes... que solamente bailamos. Como un club que tú vas y bailas. Son más hispanos que lo ven así que los americanos...

LA NACION: ¿Pero también tratan de buscar otro tipo de cosa?

Michele: Sí, me encuentro con mucha gente que van ahí y entonces te preguntan siempre, cuánto quieres, cuánto tú vales. Tú sabes, como que se equivocan un poco, pero tú le aclaras y ya...

LA NACION: Tienes que enseñarle como son las reglas...

Michele: Tienes que enseñarles. Cuando tu haces *friction dances* que son *lap dances*, muchos hombres se excitan mucho con eso, pero tú les explicas, aparte de los *bouncers* que están arriba de ellos, cuidándonos. Pero no he tenido mucho problema con la gente ahí.

LA NACION: ¿...y cómo te afecta eso desde el punto de vista de tu vida personal?

Michele: Si, me complica bastante, porque una persona que va ahí no está buscando una relación, sino está buscando un placer ocasional... y la mayoría de los hombres no se van a fijar en una mujer que trabaja en un sitio de esos. Tú sabes..., se fijan mejor en otra persona, a lo mejor en una barrendera de la calle que en nosotras que trabajamos ahí.

LA NACION: Sí, pero el asunto es que se fijan en la barrendera, tal vez se casan con ella, pero después vienen a buscarte a ti...

Michele: Sí es verdad... Yo pienso que la mujer necesita tener más..., como ser más abierta en el asunto sexual con el hombre, en una relación. Ser más franca, porque se creen que porque llevan digamos, un año, dos o tres de matrimonio, que limpian su casa, que lo atienden bien... No, el hombre necesita una relación, bien, bien, bien sexual con la mujer. Que haya una completa armonía en ese campo, que se sientan abiertos los dos, para que entonces el hombre no vaya a esos sitios. Porque los hombres van a esos sitios a vernos bailar, a ver como nosotras nos portamos con ellos, a distraerse, a reírse. A salir de la rutina. Es la razón fundamental por la cual los hombres van a esos sitios. Pero yo pienso que las mujeres deben de poner un poco de su parte también y ser más abiertas con los hombres.

LA NACION: Hay una expresión en el pueblo de nosotros: "el matrimonio si no se entiende en la cama, no se entiende".

Michele: No se entiende y eso sí es verdad, eso es verdad... *I mean*..., yo converso con muchas personas que van ahí, hombres casados que van ahí y hablan conmigo y me dicen: "Michele me pasa esto, yo adoro a mi esposa, yo la quiero mucho, pero... no es abierta conmigo, no es lo que yo quiero en una relación sexual...". Entonces yo le digo mira, habla, dile que a ti te gusta esto, que a ti te gusta lo otro... En fin comunicación. Pero sí, es verdad, tú sabes... todo viene por la cama.

LA NACION: ¿Piensas que eso tiene relación también de alguna manera con la educación de las personas, con la religión, con nuestra forma de ser...?

Michele: Bueno, yo tengo una manera muy personal mía de ser y, a pesar de que trabajo ahí, me considero una mujer bien decente y digo que la mujer debe ser decente en su casa y en la calle, pero puta con el marido en la cama. Y esa es mi gran teoría siempre.

LA NACION: Hay quien dice de las *strippers* en los bares, pero puedes ir a una oficina y encontrar muchachas que se acuestan con el jefe para prosperar... y están casadas.

Michele: Eso es verdad... Muchas *strippers*... yo no puedo hablar por todas, porque yo no las conozco a todas, pero yo tengo mi vida personal, tengo a mi hija, no tengo novio, no estoy casada. Soy una divorciada con mi hija. Y el día que tenga que buscar un placer, no lo voy a buscar en el trabajo mío, lo busco en la calle. Pero puede ser que haya algunas que ahí mismo en el trabajo, conozcan a alguien. Y por eso es que nosotras también tenemos mala fama. Pero todo depende de la persona.

LA NACION: ¿Cuántas horas trabajas diariamente?

Michele: Yo trabajo unas diez u once horas diarias. Salgo bien cansada, salgo muerta, salgo sin deseos de ver a nadie, solamente que quiero dormir, dormir solamente.

LA NACION: Y dedicarle algún tiempo a tu hija…

Michele: Bueno yo la veo todo el día, porque ella no va a la escuela todavía, yo estoy con ella todo el día. Duermo poco; soy una persona que estoy acostumbrada a dormir muy poco, me conformo con dormir dos o tres horas diarias… eso es mucho dormir diría.

LA NACION: ¿Y cómo mantienes ese cuerpo, haces ejercicios…?

Michele: No, muchas personas me preguntan que si yo voy al gimnasio, si hago ejercicio. No hago ningún ejercicio, no levanto pesas, nada, ni tengo dietas, nada, como de todo y por sobretodo chocolate y dulces, me fascinan… no hago dieta.

LA NACION: ¿Si tuvieras que decirle a tu hija dónde trabajas… cómo lo harías?

Michele: Yo se lo digo, se lo pienso decir cuando ella crezca un poco más, porque apenas tiene cinco años, pero cuando sea una muchacha que entienda le voy a decir lo que yo era, una *striper* y que lo hice por ella, porque cuando me quedé sola, estuve trabajado en otra cosa pero no era lo suficiente como para mantener una casa, un apartamento, mantenerla a ella, pagarle la escuela... No alcanzaba. Trabajaba en un lugar que ganaba ciento y pico, doscientos dólares semanales, pero no podía con eso. Entonces, se lo voy a decir con el tiempo y bueno, que ella... Pienso que me va a entender por qué lo hice. Creo que ella va a entenderme todo...

LA NACION: ¿Es posible, desde el punto de vista sexual, que llegue tal vez un momento en que estarás tan cansada que no quieras ni mirar a un hombre...?

Michele: Si, para nada. Llega el momento ese que ya..., digamos el momento en que salgo ya de mi trabajo muy, muy, muy cansada. Tanto que el apetito sexual de una se le va agotando cuando pasa el tiempo. Porque, cuando tú estás ahí, cuando haces un *friction dance*, estás arriba del hombre, dándole bailes, bailes y bailes. Entonces... qué es lo que piensan los hombres... *I mean*, ellos están excitados, pero tú estás cansada, tú no te puedes excitar, porque tú estás cansada, muchas horas de baile, muchas horas bailando, estás pendiente de que si tienes que ir a bailar otra vez para el bar, que si te llaman, que sí... tú sabes. Llega un punto... puede ser que llegue un hombre, como en todos lados, que te guste el hombre como hombre y tu sientas, pero no es una cosa que te suceda cada vez que vas a hacer un *lap dance*, No te excitas cada vez que vayas a hacer un *lap dance*. Ha llegado el tiempo que ya yo estoy que... Es demasiado... Cansa mucho, mucho eso. Cansa demasiado.

Cualquiera va y dice: "No, una *striper*... esas ganan bastante, esas ganan todo lo que quieran...". Es cierto si, pero que nadie piense que es un trabajo fácil.

LA NACION: Con esos zapatones que usan ustedes y la cintura que dan...

Michele: Yo tenía problemas grandísimos en los riñones, tenía tres piedras en los riñones y me molestaban mucho, mucho, sobre todo al bailar. Cuando te mueves haciendo *friction dance*, eso te afecta muchísimo la columna. Te mata eso.

LA NACION: *So you work hard for the money*

Michele: *Yeah, I work so hard for the money!*

LA NACION: Volviendo al sexo, se dice que hoy día las muchachas comienzan temprano...

Michele: Yo fui señorita a los 11 años, tuve la primera menstruación y la primera relación sexual la tuve a los catorce, con el padre de mi hija. Él tenía 23...

LA NACION: Normalmente la primera experiencia no es satisfactoria...

Michele: Si es verdad, no es muy agradable que digamos...

LA NACION: ¿Desde entonces, cuántas relaciones has tenido...?

Michele: No, no tantas. Estuve con él cuatro años, dos relaciones más y estoy sola. Mi casa no la visita nadie. Las dos relaciones las tuve con personas mayores de edad, bien tranquilos. Si tuviera que considerar una relación más estable para durar toda una vida, no se... Se piensa bien, se piensa mucho; se piensa par de veces antes de dar el paso. Aunque en realidad, quisiera tener otra hija.

LA NACION: ¿Piensas que las jóvenes antes de una experiencia sexual, o de una relación, debieran prepararse y aprender?

Michele: Sí, yo pienso que toda muchacha en este mundo y más en este país debiera de prepararse primero, hacer su futuro primero, estudiar, guiarse mucho por lo que los padres dicen. A veces nosotros pensamos "no porque mi papá y mi mamá están mucho arriba de mí, no me dejan la vida tranquila..." Luego entendemos que es por nuestro bien. Te lo dice alguien que ha pasado mucho trabajo. Es muy duro verse solo en un país que uno no conoce, sin familia, con un hijo, en la calle y trabajando en un lugar como el que yo trabajo. Es muy difícil eso y no todo el mundo lo puede hacer. Es mejor prepararse.

LA NACION: ¿Es cierto eso que hay mucho lesbianismo entre las *strippers*, sobre todo entre las americanas?

Michele: Sí, porque como te digo, la mujer se aburre del hombre. ¿Por qué? Porque todos los días ve hombre, ve hombre y ve hombre. Entonces el hombre... qué es lo que hace cuando tiene relaciones con una mujer...: satisfacerse ellos y no están pensando en ellas, en nosotras las mujeres. No están pensando. ¿Qué es lo que hacen? Satisfacerse ellos y ¡...YA! ¿Entonces nosotras qué...? Entonces una mujer entiende mejor a otra mujer que un hombre a una mujer..., tal vez por eso es que hay mucho lesbianismo.

LA NACION: ¿Y ese desgaste de las relaciones sexuales, lo ves también en el matrimonio? ¿Constituyen un reflejo de tal situación esos hombres casados que van a verte cada noche?

Michele: En el matrimonio lo que pasa es que el hombre trabaja y la mujer, si es ama de casa, está aburrida, el día entero. Entonces cuando llega el hombre a su casa, está cansado, pero la mujer no y ella de una forma quiere y el hombre entonces, bueno... vamos... tú sabes... tienen relaciones, pero es solo para ellos mismos y no se dan cuenta de que la mujer también tiene que satisfacerse como mujer. Eso va agotando una relación porque llega un punto.... Yo conozco un matrimonio que tienen relaciones sexuales cada quince días y eso lo que hace es establecer una distancia entre ellos, debilitar la comunicación entre el hombre y la mujer. El ve a una muchacha más bonita en la calle, de un buen cuerpo y le abre el apetito. Y con la mujer sucede lo mismo.

LA NACION: ¿Entonces puta en la cama y monja en la casa?

Michele: Sí, toda mujer necesita guiar al hombre, guiarlo en el sentido de que la mujer sea quien ponga el empezar y el final de una relación sexual.

LA NACION: ¿Cómo, cómo...?

Michele: Te quiero decir que el hombre siempre es sencillo, va a tener una relación con una mujer y es algo como los animales, brusco... *I mean*..., sabes, ya, vamos a tener relaciones y ya. No hay ese romance que se pierde en estos tiempos, no hay esa delicadeza. Entonces la mujer tiene, cuando empieza el tormento, ella es la que tiene que poner delicadeza. Hay que educarlos a comportarse.

Hay muchachas que pierden una relación porque no saben como mantener esa relación. Las madres deberían explícale sin pelos en la lengua a sus hijas como comportarse, porque muchas salen de la escuela, como las he visto, se van por ahí con los muchachos a *ganguear*, por eso es que hay tantas *gangas*, porque ellos en la calle lo que buscan es la compañía que no tienen en su casa. El papá trabaja, la mamá trabaja, llegan de la escuela, no tienen nada que hacer, llega la madre y se pone a pelear porque no recogiste el cuarto, por esto, por lo otro y no hay comunicación. Por eso mismo, hay muchas muchachas descarriadas en este país.

LA NACION: ¿Tu mamá hablaba mucho contigo de estas cosas?

Michele: Yo no viví con mi mamá nunca. Desde que nací me crie con mi abuela, en paz descanse, ya ella murió, pero ella sí me hablaba, muchísimo. Al morir ella fui a vivir con mi mamá y mi hermano mayor de otro matrimonio, pero con ella nunca tuve comunicación. Mi abuela murió cuando tenía 13 años y a los catorce me casé.

LA NACION: ¿Qué te gusta de tu trabajo, aparte del dinero...?

Michele: Mi orgullo de mi trabajo es que soy una muchacha muy alegre, ese es mi carácter, soy bien divertida y me gusta conocer a cada persona que va allí, hablar con ellas, doy muchos consejos a pesar de tener 22 años. Muchas personas llegan enfermas, con sufrimientos dentro y van a desahogarse con una, que no los conoce ni nada.

LA NACION: ¿Ensayas y preparas tu acto?

Michele: No, bailo como soy, como me sale. Eso está dentro de mí.

LA NACION: ¿Pero te estudias, buscas la forma de ser más atractiva...?

Michele: Busco la manera de serlo, soy una mujer muy femenina, cien por cien femenina, me gusta cuidarme muchísimo, no me cuido en comer o ir al gimnasio, pero mi apariencia física si la cuido bastante.

LA NACION: ¿No has pensado cambiar de trabajo?

Michele: Si, yo no voy a trabajar ahí por toda mi vida. Tengo una meta, pero hasta que no la cumpla no me voy. Tengo mi propósito; este año pienso comprarme mi casa y poner mi propio negocio.

LA NACION: El sueño americano. ¿Y finalmente...?

Michele: Quiero decirle a todo el mundo que porque nosotras trabajamos ahí no somos unas prostitutas de la calle y exigimos por lo menos un mínimo de respeto y que todas las mujeres del mundo no somos iguales.

LNC Marzo 2000

Turismo de la Nostalgia

La anciana entra lentamente a la abarrotada oficina, donde otras personas esperan a que el obeso propietario las atienda. El calor húmedo del verano se cuela en el local, lleno de papeles, revistas amarillentas, sillas desvencijadas, y un calendario del año pasado. Contra la pared una pantalla blanca de proyección, destinada tal vez a servir de fondo para hacer fotografías.

Aurelia desde hace años viene a esta agencia para enviar medicinas y alimentos a sus familiares en la isla porque está cerca de su apartamento en Pequeña Habana, e incluso puede cambiar su cheque del retiro, en una bodeguita de barrio que ocupaba la primera planta del edificio. Ahora, tras una larga espera, se dispone a preparar un viaje a Cuba.

Ella sabe que es imprescindible llegar a estos lugares con efectivo, pues todos los trámites se realizan sobre la base de cash only. Le informan entonces que lo primero que necesita es un pasaporte cubano -todos los llegados a Estados Unidos después de 1970 lo necesitan- y un documento nuevo cuesta $ 238.00 en la Oficina de Intereses de Cuba en Washington.

Si fuera necesario renovarlo entonces el costo sería menor, pero deberá hacerlo cada 2 años y sólo estaría vigente por 6.

Al no tener Cuba relaciones diplomáticas oficiales con Estados Unidos, no existen consulados en los lugares donde radican grandes concentraciones de cubanos como son por ejemplo el sur de la Florida, donde están Miami, Coral Gables y Hialeah, la zona de New Jersey con el enclave de Union City y California, que cuenta con una gran población de origen cubano en Los Ángeles, entre otros estados.

Esto trae como consecuencia que cientos de agencias legales e ilegales desperdigadas en estas comunidades hagan el papel de intermediarios.

El costo de una solicitud de pasaporte puede verse crecer entre veinticinco y cincuenta dólares por concepto de las comisiones del agenciero, dependiente, o del propietario de la agencia de viajes a Cuba.

Añádase a esto el precio de las fotos -son necesarias cuatro- las cuales pueden representar entre $10 y 15 dólares adicionales de gastos para la persona que necesita realizar estos trámites.

En el caso de que Aurelia sólo necesite una renovación de su pasaporte, podría continuar con el siguiente paso. Ah, pero si debe esperar por un documento nuevo, esto podría llevarle hasta seis meses, pues para las personas que lo perdieron o nunca lo tuvieron -aquellos que vinieron en bote, los balseros o quienes cruzaron la frontera y lograron escabullirse de alguna forma dentro del territorio norteamericano- es imprescindible que el pasaporte se haga en la isla, lo cual demorará el trámite hasta cuatro meses.

Entonces viene el visado cubano. Todos los nacidos en Cuba, residentes en el exterior deben solicitar un permiso de entrada, y aunque el Gobierno cubano expide diferentes visados permanentes, la mayoría de las personas piden su visa sólo para viajar a la isla por una vez. Costo: $ 100.00.

Por supuesto que a Aurelia le cobrarán un poco más, porque el agenciero deberá pagarle el servicio al *charteador*, y si éste no tiene la condición de mayorista deberá pagar un extra por el trámite y todo ello irá a costa del bolsillo de la anciana.

Pero existe además la posibilidad de que el agenciero no tenga licencia del gobierno federal (Oficina de Control de Bienes Extranjeros, OFAC, del Departamento del Tesoro) o del propio consulado cubano en Washington. Costo de la comisión: de 25 a 35 dólares adicionales. Esto sin contar las seis fotos de la visa, que representarán de 20 a 30 dólares más.

En resumen, que a éstas alturas Aurelia ya habrá pagado $ 368.00 en trámites y fotos, más de $ 80.00 a $100.00 en comisiones para el agenciero, el mayorista y el charteador. Costo: $468.00. Y Aurelia todavía no ha viajado.

Cuando tenga todos sus documentos completos, si pasando de mano en mano no se extravía algo o hay algún error, lo cual no es extraño, comprará su pasaje directo a La Habana: $ 299.00 desde Miami, $ 565.00 desde Los Ángeles y $ 599.00 desde Nueva York.

En los pasajes, agencieros y mayoristas llevan su comisión: de $40 a 70 dólares. Lo cual implica que se ha embolsillado el agenciero entre $70 y $100 dólares por concepto de comisiones por pasajero.

Aurelia se enfrenta a unos cuantos meses de privaciones para ver a los suyos, pero en definitiva vale la pena, es uno de los pocos momentos de alegría en su recluida vida de inmigrante. Tal vez en un futuro podrá ir con mayor frecuencia, pero aún le queda otra parte importante: reunir los regalos y los otros cientos de dólares para gastar en la isla.

Mientras cuenta los pocos dólares, que le han quedado luego de su visita a la «agencia de viajes» del barrio mira las fotos de sus nietos y familiares de Cuba y sonríe, después de todo valen la pena estos sacrificios para verlos. Continúa su camino y estruja la lista de productos que pensaba comprar en el supermercado.

Otra vez será.

LNC Abril 2000

EL FIN DE LA INOCENCIA

La parada de ómnibus estaba prácticamente vacía para una tarde de domingo, pero un grupo la llenaba con sus voces. A mi entender eran demasiado jóvenes para la botella de ron que a esa hora pasaban de mano en mano y sobre todo para sus estridentes ropas, compradas en alguna tienda de descuento, reflejo de la moda *marimbera* de los peores barrios de Miami y no para su aspecto.

En la espalda limpia y tersa de una de ellas, Yusivan -entendí que la llamaban- relucía la costra de un tatuaje chabacano y multicolor de lo que pretendía ser una rosa, evidentemente mostrada como prenda de orgullo adolescente.

Mi mirada se cruzó con otro joven, de bata blanca y pesada mochila quién respondió sin pregunta: ¡No es fácil! No, no lo es. No lo ha sido para los once millones de cubanos de la isla y para los que viven fuera del país, sufriendo en carne propia el derrumbe del campo socialista con la consiguiente interrupción de la ayuda y el comercio preferencial que prácticamente paralizó a Cuba llevándola a la solución terapéutica e imprescindible de congelar su economía en la búsqueda de la supervivencia.

Pero eso es historia antigua, la sociedad cubana avanza por momentos, y aunque para quienes viven inmersos en la realidad cotidiana -no siempre fácil-, no son evidentes esos pasos, cada día llueven buenas noticias, no al nivel de las superproducciones de plátanos de las que no se ha librado la prensa cubana, sino por ejemplo la del regreso de los maestros a las aulas.

El drenaje de profesionales hacia otras actividades más productivas y de supervivencia, así como hacia la capital y otras zonas urbanas y en casos mayores al extranjero, pudo ser la causa del descenso en la extraordinaria calidad tradicional de la educación cubana teniendo como consecuencia un incremento en la proliferación de los Yusivanes.

Esta nueva onda de aspirantes a *marimberos*, reflejo de sus parientes balseros de la otra orilla, míseros sobrevivientes urbanos en el sur de la Florida, parten de las maletas cargadas de los desechos de la sociedad norteamericana, portadas por las oleadas de familiares que vienen -con sus honrosas excepciones- a buscar su minuto de gloria pavoneándose de una fortuna que nunca poseerán en los Estados Unidos.

El ejército de la educación, la estructurada sociedad cubana a través de sus organizaciones de masas y sobre todo, un pueblo educado y responsable, pueden enfrentar eficientemente este reto, esta nueva agresión foránea, ahora de chabacanería y estímulo a la desobediencia social, cuya erradicación sería erróneo ver corro un ataque a la libertad individual.

No, no es una tarea fácil, ni tampoco nueva, estos males le dan la bienvenida al desarrollo al pueblo cubano, en el umbral de una transformación hacia una sociedad más avanzada, en la cual el egoísmo y en cierta manera las diferencias sociales -de cada cual y a cada cual según...- son un precio a pagar por su interacción con el mundo moderno.

Son las consecuencias, ya no del encuentro con el extranjero, con el turista o el hombre de negocios provenientes de una realidad diferente, sino con los inmigrantes que regresan cargados de baratillo y lentejuelas, producto de su propia cultura de barrio pobre de recién llegado y su propia carencia económica que sólo le permite llegar a la mala copia de sus ilusiones.

Tal vez no nos guste mucho la idea del desarraigo, pero la inmigración en los tiempos modernos es un mal necesario de las diferencias entre las economías de los países y es también un arma en la erosión de inteligencias entre ambos mundos, donde las superpotencias como Estados Unidos obtienen cerebros baratos con el simple hecho de seleccionar en un país educado como Cuba, a los mejores que se deciden a treparse a la maroma de la aventura.

Las famosas loterías de visas promueven cada año el arribo de miles de núcleos familiares sospechosamente blancos, desde un país mayoritariamente mestizo, pero con escogidas profesiones, expedientes médicos y hasta antecedentes familiares para promover su asentamiento, lo cual hace el sueño de cualquier burócrata del Servicio federal norteamericano de Inmigración y Naturalización (INS).

Un sólo aspecto complica el cuadro idílico: la Ley de Ajuste Cubano. Sobreviviente de tiempos áridos de la Guerra Fría, es una rendija por la cual entran en los Estados Unidos miles de cubanos ilegalmente, por fronteras, costas y aeropuertos, burlando el proceso de análisis del INS y proporcionando los miles de conflictos que hoy acosan a los sistemas legales y las fuerzas de policía del sur de la Florida.

La estimulación de la deserción no es una fórmula nueva en esta guerra no declarada de cuatro décadas y ha causado la muerte a miles de personas en las aguas del estrecho, aparte del arribo de muchos indeseables a las costas de la Florida, como bien saben los la que predican en las ondas, la propaganda y los contactos familiares en la isla, dándoles luego la espalda cuando no tiene remedio su rompimiento con la patria.

Es triste pero real el espectáculo cotidiano en el sur de la Florida de ciertos de jóvenes frustrados al esfumarse el espejismo de El Dorado, de la vida fácil en la Yuma y es bochornoso su llanto en antesalas de abogados y oficinas de viajes a la isla, pidiendo un retorno imposible.

Ante tantas ideas no vi llegar el ómnibus, pero seguí al bullicioso grupo y presencié a la joven -¿Yusivan?- sonreírle al joven de bata blanca cuando éste le cedió galantemente el paso en la puerta

El fin de la inocencia ha llegado, pero la esperanza está en la raíz, en la siembra maravillosa de cuarenta años de idealismo. Será tal vez la hora de extirpar los abrojos.

LNC Abril 2000

Genocidio cultural

Fueron muchos los trabajos qué pasaron sus padres con el idioma cuando llegaron a los Estados Unidos. Ahora la historia se repite, pero en sentido contrario. Los hijos de estos inmigrantes, muchos de los cuales llegaron pequeños a este país, asimilaron rápidamente el idioma inglés... pero se olvidaron del español.

En 1996, la profesora Sandra Fradd, de la Universidad de Miami, publicó un estudio interesante y a la vez aterrador: el español, el idioma natal de un elevado porcentaje de los alumnos, se va erosionando y con el tiempo queda limitado a un pequeño número de vocablos, muy insuficientes sin dudas para establecer una comunicación al nivel que se espera de un profesional.

Algunas empresas, que por su perfil requieren tratar directamente en español con funcionarios de otros países, habían afrontado ya en la práctica el problema. Fue precisamente esa situación, unida a los resultados del estudio, lo que motivó que la Cámara de Comercio hiciese un llamado para la formación de un programa bilingüe.

El objetivo fundamental de este programa es hacer que los estudiantes puedan desenvolverse con la misma fluidez en dos idiomas que son fundamentales en el sur de la Florida, no sólo por la enorme cantidad de personas hispano-parlantes, sino por lo que significa ese estado para el comercio con la América Latina.

En el ámbito interno, la población hispana que reside el norte del Río Bravo suma ya unos 35 millones de personas, y se pronostica que dentro de 20 años, uno de cada cuatro norteamericanos será de ascendencia hispana. Esta implica que el idioma de esta minoría será fundamental. En lo externo, la América Latina constituye no sólo un gran mercado, sino una importante área en desarrollo.

Sin embargo, nuestro idioma se erosiona cada día más.

Este fenómeno había sido notado, de manera informal, por muchos profesores, incluso antes de que la doctora Sandra Fradd concluyera su estudio.

También los padres observan, con preocupación, como jóvenes, cuyo idioma natal es la lengua de Cervantes, van perdiendo con el tiempo la facultad de comunicarse de forma coherente en español. El uso constante del inglés en las actividades docentes y en el quehacer cotidiano, hace para ellos cada vez más difícil poder establecer una conversación fluida o una charla profesional.

Este fenómeno ha traído como consecuencia, entre otras cosas, que exista una falta de empleados bilingües en diferentes instalaciones de Miami y cada día con más frecuencia los empleadores se quejan de las dificultades para encontrar empleados que sepan leer y escribir en español.

Las instalaciones médicas constituyen en estos momentos uno de los ejemplos donde se hace notoria esta falta de personal capacitado que domine ambos idiomas -el español y el inglés- lo cual resulta realmente una necesidad para la atención a los pacientes.

El programa de educación bilingüe funciona desde hace cuatro años y en la actualidad se aplica en 34 centros escolares del condado Miami-Dade. El objetivo fundamental en estos momentos es tratar de extenderlo de manera que abarque el alumnado de unas 332 escuelas de todo el condado.

Pero este fenómeno tiene otro aspecto: la aparición del "spanglish", una especie de jerga verbal que está en proceso de convertirse en dialecto. Precisamente así la define Ilán Stavans, un escritor mejicano de origen hebreo, lingüista y profesor de la Universidad de Amherst, en un reciente volumen que dedica al tema.

Explica Stavans que el spanglish es el resultado del encuentro o choque entre dos civilizaciones: la hispana y la anglosajona, de la lengua de Cervantes y la de Shakespeare.

Y aunque no resulte un fenómeno reciente, (hay términos en *spanglish* en el libro *Catauro de Cubanismos* de Don Fernando Ortiz) ni se limite tampoco sólo al territorio de los Estados Unidos, su uso se ha intensificado en los últimos años, con la introducción de modernas tecnologías y la revolución experimentada por los medios de comunicación masiva.

Debemos recordar que todo idioma es el resultado de un movimiento de asimilación y adaptación. En el español, por ejemplo, asimilamos con frecuencia palabras extranjeras -galicismos, anglicismos, etc., - en la propia medida en que el idioma se adapta a nuevos hábitats.

Hay términos recientes, hijos del desarrollo tecnológico, que son sumamente necesarios en la actividad diaria. Vienen del inglés y no tienen un equivalente directo en el español. Recordemos por ejemplo palabras como *cyber-spanglish*, down-lodear, emailiar e incluso faxear.

De acuerdo a la teoría del profesor Stavans, no debemos ignorar éstos términos, porque el movimiento de asimilación y adaptación propone un balance en el cual las palabras se reacomodan. Pero de vez en cuando, éste balance se rompe, se desequilibra, y no se tratará entonces del influjo de nuevos morfemas y fonemas, sino de una revolución gramatical y sintáctica cuyo resultado será la creación de un nuevo sistema, de una nueva forma de hablar, que no es la nuestra.

Sería más genuino, poder denominar a estas actividades por su nombre en español y si este no existiera, acuñar entonces el término que le corresponda, aunque resulte un tanto más difícil decir "envíame un facsímile..." en vez de "faxéame...".

Estados Unidos, aunque le cueste trabajo aceptarlo, ha sido siempre un país políglota. Aquí el idioma es un artefacto político. Cada ola migratoria, trae consigo su idioma original, que pierde más o menos a la tercera generación. Sin embargo, la migración hispana no ha seguido la misma pauta y el español sigue vivo, aunque con frecuencia de manera impura.

LNC Abril 2000

EL RECURSO DEL PATALEO

Si algo de bueno sale de la desgracia de una familia, del lamentable espectáculo del gobierno más poderoso del mundo recurriendo al garrote por imponer estrechas decisiones electoreras a su deber de aplicar la ley, es la renovación inevitable del llamado exilio histórico cubano.

La búsqueda de dirigentes y voceros ha llegado al fondo de la gaveta. Ante el desprestigio y la desarticulación de la tradicional industria de la gritería que durante años ha puesto y quitado políticos, chantajeado comerciantes y calumniado a enemigos que muchas veces han sido solamente poco ágiles en los pagos de coimas, con el socorrido grito de "comunista".

Pero la impunidad se terminó. Este circo, devenido en carnaval callejero que ha constituido el caso Elián González, ha servido para convencer a todos de que el concepto de impunidad de estos personajes no existe. El rey sí está desnudo y solo provoca náuseas en su *pustulante* evidencia.

La división en la comunidad multiétnica del sur de la Florida, no ha sido provocada por posiciones en relación con la permanencia o no del niño cubano en los Estados Unidos, ni siquiera por el hecho innegable del lamentable asalto nocturno a una caja de familia.

Ese cisma existe por los ataques racistas, xenófobos y soberbios de estos personajes y su claque, llevados a cabo durante décadas en estaciones de radio y calles de las ciudades y pueblos que llenan este pedazo de la península y que ha provocado la emigración masiva hasta de sus propios hijos.

Miles de familias hispanas se han llevado bártulos e infantes al condado vecino de Broward, donde las escuelas son mejores, el tráfico responde a las inversiones necesarias en las vías, la policía trabaja por los ciudadanos, en fin, se vive en los Estados Unidos.

Las autopistas se rellenan cada mañana de quienes vienen a trabajar en el sur y cada tarde, de cuando regresan apresuradamente a casa, como quien teme a la puesta del sol, y a las criaturas de la noche que salen de los agujeros para asolar los vecindarios.

Ahora recurren a todos los recursos, inclusive desempolvan a los moderados con sus comités de éticas y susurros de personas bien educadas, demasiado limpios para representar a la plebe, esa misma que ha llenado las calles ante sus exhortaciones de apoyo y los alaridos de sus políticos de que todo se permitiría en Sodoma y Gomorra.

Pues bien señores, no pasó nada. El recurso del pataleo es su única opción, la ley debe imperar en esta comunidad y si sus dirigentes políticos no han sido lo suficientemente íntegros como para defender a sus electores, otras figuras aparecerán.

Necesitamos más negros e indios en las alcaldías. Menos promesas mirando al sur que a nuestros propios pies. Eliminar las maletas de dinero y los cabilderos y entregar las escuelas, carreteras y servicios que el sur de la Florida necesita. Miami sí es un lugar decente para vivir, pero es hora de recuperarla para quienes son sus legítimos dueños:

Nosotros, las familias, nosotros, las comunidades inmigrantes, nosotros los afro americanos, nosotros anglos, nosotros cubanos. Todos juntos, por una vida mejor para nuestras familias, es hora de barrer el polvo con el odio, el egoísmo y la vileza, es hora de mañana.

LNC Abril 2000

PLAYING WITH WOLVES

During the last 26 years as a professional in this business nothing prepares me better to be a journalist in Miami that my 17 years in the Cuban media. I found here the same indoctrination, stubbornness and dominion from a powerful group of very narrow political and economic interests. Is a lie that we came to this part of the Florida Straight looking for freedom and dignity.

We, the Cubans, already know that better than others and we can teach everybody how to conduct their lives in the Cuban-way-of-things. Since the *frijolización* (black bean conversion) of the politics in South Florida twenty years ago we have the empowerment of a group of white Cuban American families in the area. Based on the support of tax funds from the Republican administrations, the fat public contracts of cities and Dade County and also suspected money laundering for the drug cartels.

Since then we have and evil and powerful industry suffocating us. Like a cancer spreading through to social and official institutions, conceiving their own creatures in the business community and starting a new way of terrorism: economic and social attacks to their opponents and rivals. As the wealthy whites in North America did in the first half of the last century, creating and stimulating the fear against the black people.

These copy cats in the meantime control the county and make their fortunes using the same tactics, with the fear and the agitation of a new scarecrow: Fidel Castro. You have a different opinion: you're a communist. You do not agree with my tactics: you're a Cuban agent. You're a potential business competitor: You're a friend of Fidel Castro. The demonization of a name that wraps a whole community in a cloud of fear and suspicion. No, I do not compare them with the Mafia, those guys believe in family and honor.

Now the history at last is balancing the account. They prove we can't allow them to control our lives through government or social institutions.

Their stubbornness, egoism, ambition and lack of principles are intact. They are the same that looted Cuba in the 57 years of republican governments and allowed the Revolution to take the power in 1959. And worst of all, they carry that evilness to the new generations.

The crisis created in South Florida with the Elian Gonzalez affair did not transcend to a bloody explosion because we are under the star and stripes flag. In a real Banana Republic, people will take the streets in anger and retake their community back. Not against the federal government, but from these racist crooks.

Now we have colorful and decent meetings, white sheep white cultured beards knocking clean doors collecting money, cries in the fat media, bought or controlled by the Cuban American National Foundation, who announced their magnificent purpose of cleaning the image of the community by themselves and with our tax money! We can't do business with Cuba because of the embargo they promoted a stupid law heritage from the Cold War that in 30 years only proved its inefficiency.

More than 600 Cuban American travels to the island daily. The Cuban community sends to their families and friends in the island every year more that a billion dollars in cash. But we don't receive one cent back in business or tax money.

The professional vendetta against everything that came from the island also has a racial root. The white Cuban American community, send help for their own, and the 21,000 annual visas of immigrants granted in the island have a suspicious majority of white families awarded in a country 70% black and m*estizo*.

These facts are not in the news, the indoctrination of the controlled media in South Florida does not promote the fact that the thousands of *balseros* (boat people) welcome annually by the Cuban Adjustment Act that converted them into residents just arriving, are mostly illegal aliens produced by smuggling operations, like in the Elian Gonzalez case.

Without the due process and clearance of Immigration. We don't know the people that come through that open door. It's too late for the salvation of the beast, but not for us. The families, the decent people of South Florida, the new emerging communities of non-Cubans, the real Cuban-Americans (hard working, decent and respectful of the law persons) and the Afro-Americans, we know is not to late for us.

We defeated them before, because we fought for freedom and civil rights in the past. We know what discrimination, oppression and terrorism is, and we defeated that also. Is time to take back what belongs to us, to elect the best to government, to save and use our tax money for schools, support small business, to create jobs, better transportation systems and fight crime.

But first of all let's take back our cities, let's move the border to the south and regain the control of our communities. If we do not defend the values of America, how are we supposed to look our own children in the eyes and call them Americans?

This is a quiet Revolution, but is the same that created this country.

Let's fight for freedom and justice for all. Let's regain Miami for America.

LNC Mayo 2000

En el ojo de la serpiente

Eran poco más de las diez y treinta de la noche de un viernes de primavera. Los gastados tablones de lo que pretendía ser la veranda de un rústico restaurante italiano en el barrio turístico de Coconut Grove (Plantación de Coco) al sur de Miami, resonaron cuando las botas de piel de serpiente del delgado y canoso abogado pisotearon la entrada y se dirigieron hacia la única mesa ocupada, sin mirar al diligente camarero que se acercaba.

"Jack on the rocks", dijo levantando una mano sin volverse, con un marcado acento sureño, mostrando como al desgaire un costoso brazalete para la fertilidad *black foot de* plata y lapislázuli, a tono con su trabajado cinturón de hebilla de plata pura. El hombre barbado que esperaba se levantó aliviado, secando una vez más sus espejuelos montados al aire.

"Al fin" -dijo nervioso. "¿Qué les pareció?", sin obtener respuesta del sonriente canoso, el cual tomó asiento y miró desganado a su alrededor, sin tomar en cuenta a los dos fornidos jóvenes en atuendo deportivo que ocuparon una mesa cercana: "We are running out of time", y sin mirar a su interlocutor agregó: "It's too late for you".

El diálogo es real, pero algunos detalles han sido cambiados para proteger la integridad física del periodista. Lo auténtico es que el tiempo se termina para el llamado exilio histórico cubano. En las últimas semanas han estado tocando a todas las puertas posibles, inclusive desempolvando a figuras demasiado tímidas o aristocráticas para verse involucradas, en un inútil intento de recuperar posiciones perdidas.

Un experimentado político local, perro viejo en peleas contra la hoy conocida como *mafia miamense y* aún con las mataduras de sus encuentros con ellos, me dijo anoche en un susurro: "Esto no hubiera pasado con el Viejo Más..., el Júnior es un come... engreído" y con la misma se alejó sonriendo, mientras estrechaba manos a diestra y siniestra.

En verdad, debemos darle la satisfacción de la duda, de si hubiera o no estado vivo Jorge Mas Canosa, hubiera o no permitido el desbarre descomunal del caso Elián González, que llevó a cancelar la operación propuesta -entre tantas dinámicas analizadas- de montar una unidad de aislamiento para las familias en sur de la Florida, donde pudieran trabajarse adecuadamente en las mejores tácticas de guerra sicológica, para trasladar en cambio el problema a un ambiente aséptico controlado cerca de Washington.

El hecho de quitarles de las manos a los cubanosamericanos de Miami la decisión en el operativo y tomar el control el Gobierno federal, muestra la falta de confianza y de influencia de este grupo en las actuales instancias de la Administración y por supuesto, de las llamadas *Law Enforcement Agencies* (policías e inteligencia). Tal es el caso de la desconfianza hasta de un jefe de policía con su propio alcalde, discrepancia que aún arde en la ciudad de Miami.

Tanto es así que hace algún tiempo, en su refrigerada oficina en el *Downtown* de Miami, uno de los jerarcas del partido de gobierno en la Florida me repetía: "la hora de la intransigencia pasó..., pero ¿cómo nos quitamos a estos viejos de encima?". Ante la respuesta de que me parecía que algunos no eran tan viejos y no creía mucho en los problemas generacionales, sonrió irónico: "Tal vez no lo parezcan, pero lo son".

El hecho de utilizar a personajillos de los recientes arribos de cubanos marginales que enriquecen los prontuarios de la crónica roja local, no es nuevo para los prohombres del exilio histórico, los cuales en sus conversaciones los llaman *black beans and rice people* y algunos no los quisieran "ni para cortarme la hierba del frente de la casa", pero son útiles en momentos como éste. Lo significativo es que se relacionen con estos balseros, evidentemente ante su falta de opciones para montar un espectáculo mejor.

Uno de los socios más importantes del actual Gobernador del Estado, hombre parco en sus apariciones públicas, montó en cólera hace algunas semanas en una reunión íntima en Coral Gables, ante el evidente *desgajamiento* de la imagen de exilio triunfador, unido y sobre todo inteligente con los desbarres de familiares González, publicistas gorditos y políticos atorados. "¡Quién c... se creen que son! ¡Esta ciudad es de nosotros!".

No nos equivoquemos, aún hay poder y dinero en ellos, pero su soberbia y estupidez los convierten más en un obstáculo que en una ayuda para las fuerzas vivas de la política norteamericana. Tanto es así que algunos tiburones avezados abandonan sus retiros madrileños y norteños para buscar posiciones en el caldeado ambiente del sur de la Florida.

Mientras tanto, en el ambiente falsamente relajado de un restaurante turístico, el abogado canoso tomó un sorbo de su *Jack Daniels* con hielo y con una mueca de disgusto miró a su angustiado interlocutor. Mientras se levantaba, le dijo mirándolo a los ojos en perfecto español: "lo siento chico, no hay nada que podamos hacer".

A unas millas de allí, respirando tensión en cada uno de los detalles, un grupo de hombres revisaba sus armas y equipos por enésima vez, memorizando la cara delgada y sonriente de un niño de seis años, que sin quererlo, había saltado a ser pieza del juego de la alta política de la nación más poderosa del mundo contra una pequeña isla de doce millones de habitantes

El regreso del hijo pródigo

Durante décadas el lenguaje de la cólera marcó el único puente de las dos orillas Ataques de uno y otro lado, la negación de la sangre, la amistad, el cariño y la suprema irracionalidad del trópico nos bandearon como los vientos alisios, marcándonos hasta hoy con dolorosas escaras, mucho más allá de la piel.

La Revolución cumplió su mayoría de edad, aprendió de sus errores y aunque a muchos se les oxidó la vida en las fronteras del odio, defendiendo la última trinchera teniendo a su espalda sus amores y afanes, no les nubló las entendederas el fracaso, la frustración o los manuales huecos.

No todos somos así. Hay, de uno y otro lado, quienes no entienden que hay una vida nueva. Ya los que llegan no son enemigos a enfrentar, ni siquiera forasteros cargados de lucecitas de colores, siempre sospechosos de la pérfida intención de seducir a nuestras hijas y hurtar los inmensos tesoros familiares.

Es una época nueva, pero la barrera mayor ya no será la del dinero, la política o las posiciones. Hoy hablamos de la desconfianza, de mirar con recelo la mano tendida del hermano, del familiar, del amigo, quien también tuvo su cuota de sufrimiento y añoranza, de perfidia y engaño, de soledad.

Sobre todo soledad. En ciénagas angustiosas y páramos helados, en los cuales el único consuelo eran los detalles robados a la isla: fotos amarillentas, puñados de tierra, semillas resecas y sobre todo los colores de la patria. Era el único calor ante la garra acerada de la nostalgia en las entrañas.

No fuéramos, no somos, ni seremos nunca nada sin Cuba.

Sin lo que somos y en lo que la Revolución y un pueblo indomable, laborioso y fértil, convirtió a nuestra isla verde y punzó. El combate de los muchos nos protegió a todos, nos arropó en la lejanía y la distancia, nos ganó el respeto de ser cubanos, aún para aquellos que se quieren enemigos.

Las tradiciones no se imponen por decreto, las costumbres se aran y aporcan como los trillos del monte, las cosechas paren del dolor insufrible del trabajo, del sol terrible, pero son fruto de la germinación de amor, cariño y lo más puro conservado en lo hondo de cada uno de nosotros.

No exigimos corderos ni sacrificios, ni fanfarrias ni cohortes, pero somos parte de la nación y nunca hemos estado ausentes es hora de arrebatar la bandera a los sietemesinos y cipayos, de airear la casa y poner un plato más para el festín, humilde pero limpio, espartanos, pero de lo nuestro.

El hermano no escatima regalos, pero tampoco una posición en la fila del trabajo, un lugar en la defensa del honor, una voz en el concierto todo.

Mientras no borremos las marcas del odio, no escurramos de nuestros corazones el resquemor de la envidia, no quememos en las calles los discursos inútiles no tendremos, no sólo país, sino lo más importante: no seremos, de nuevo, familia plena.

Abramos las puertas al amigo sincero que sí nos da su mano franca, pero ante todo, recibamos con alegría al hermano querido.

LNC Septiembre 2000 – Mayo 2002

Rehenes del Odio

En estos días de sentimientos encontrados, de derrumbe de altares, de confirmaciones sangrientas, no queda espacio para la duda: estamos en el centro del epicentro y el Armagedón existe, es una realidad patente y cotidiana, tan clara como mi café mezclado en las mañanas.

A quienes disfrutan la capacidad de asombro les preocupan las elecciones en los Estados Unidos, o el renacer de la Intifada, tal vez también el nuevo Maine en el Yemen. Pero la amenaza no usa turbante, ni siquiera alfanje o puñal enjoyado. Viene esta vez en abogado de negro, personaje tras su computadora portátil, en un penumbroso suburbio de Nueva Inglaterra.

No es de extrañar el calentamiento de la atmósfera, el ominoso hueco en la capa de ozono que barrerá con las doradas bañistas, ya ni siquiera me altera el sabor metálico del agua embotellada. Todo es parte de la gran conspiración para el fin, aquí sobre la tierra, pues la cuenta regresiva empezó.

No es ya la promiscuidad, la falta de moral, el egoísmo rampante y la costra gris en las ciudades que carcome los huesos, lo que hoy nos oxida el alma es la falta de esperanza, de ese brillo aguzado en las pupilas de los nuevos, ese olor a limpio que explota en cada parto.

Cuando los hombres creían en las palabras y las mujeres amaban su fertilidad, las uniones bendecidas traían retoños a la sociedad, hoy nos llenamos de códigos para evitar el roce del cariño y con cada contacto tememos un golpe. Quien permite el amor en números nunca será completo.

No es extraño que muchos consideren a la sociedad norteamericana como el templo, encandilados ante su grandilocuencia y alarido. Pero si lo es, se trata de su desmesurado afán por la hipocresía y la codicia, en el fondo su pragmatismo desaforado no es más que la ejecución descarnada de la cadena alimenticia de la naturaleza.

Las soluciones son sencillas y quienes huyen ante la jauría caen primero. Es necesario expurgarnos en lo hondo y dar la espalda a los altares del dogma.

Sólo en los ojos de los nuevos está la salvación: "la patria es ara y no pedestal".

LNC Septiembre 2000 – Mayo 2002

Compás de espera

En medio de la sala, atiborrada de muebles y adornos, donde a cada escape la mirada atrapa un objeto familiar, se apelotonan cientos de fotos, momentos congelados de caras amigas, ahora lejos, y entre ellas la foto de un niño extraño, sin embargo tan cercano como cualquiera de los de su sangre.

Elián González, a través del omnipresente televisor, en esta casa uno en cada habitación -incluyendo la cocina-, donde de 32 canales posibles sólo se sintonizan dos y la radio -siete receptores- sintonizados en una sola frecuencia de amplitud modulada, llegó para quedarse a las vidas de esta familia de ancianos cubano-americanos.

Yolanda Díaz de 74 años, ex-empleada de cafetería; su hermana América, trabajadora de un banco por treinta años y obligada a retirarse tras una de las constantes fusiones de compañías y su esposo, Rafael (78), ex-albañil, acogido a pensión tras sufrir un accidente que le baldó una pierna de por vida.

Todos ellos son ahora ciudadanos norteamericanos, producto de una campaña diseñada por el Partido Republicano en el sur de la Florida y el puñado de pudientes familias cubano-americanas que controlan a la comunidad del sur de la Florida para crear un rebaño de votantes como la familia Pérez, fieles seguidores de las orientaciones de la llamada «radio exiliada».

El caso del niño balsero fue uno de tantos acontecimientos que desde 1960 han alimentado a la industria político-informativa de esta parte del país,
donde cíclicamente se dan hechos como éste, gene-
radores de cientos de horas de programación de
televisión y programas de la radio en español.
Siempre existe un compás de espera para el próximo acontecimiento

Contradictoriamente muchos de estos «eventos»
no parten de los estrategas de «café-con-leche» que
siempre pululan frente al popular restaurante
Versalles de la calle Ocho de la ciudad de Miami,
parada obligada de los dos canales de televisión en
español locales, necesitados de opiniones de reper-
cusión «políticamente correctas» para sus dos emi-
siones diarias.

La mayoría son «dinámicas» de la inteligencia cubana para mantener en foco la visión de extremismo de la comunidad cubana «exiliada», -nos dice
«Bob», un canoso oficial de marina que durante
años diseñara la estrategia caribeña para varias de
las agencias norteamericanas de tres letras.

Llevo demasiado tiempo en esto como para saber
que estos estúpidos no tienen el cerebro o los c...
para preparar algo así, agrega mientras se atra-
ganta, otro sorbo de su güisqui con hielo y una
mueca amarga cruza su cara surcada por mil soles,
ahora sin la barba a lo Hemingway que durante
años la adornara, cuando utilizara la fachada de
periodista para sus mil y uno viajes a la isla.

Como «Bob» decenas de agentes y oficiales norteamericanos de la comunidad de inteligencia que
durante los dorados años de la Guerra Fría entre-
naron y convivieron con los «verticales combatientes exiliados», recuerdan con amargura los fracasos

y desengaños con los dobles agentes que por mucho tiempo fueron parte de las nóminas de las organizaciones norteamericanas.

Sus ojos azules resplandecen tras los lentes de contacto, mientras por un minuto su espinazo recupera los 6 pies 2" de su juventud: «Muchos de estos personajes que vociferan en la radio no pueden siquiera aspirar a la ciudadanía [norteamericana], están demasiado contaminados para eso...»

Es cierto, contradictoriamente, «personajes como Agustín Tamargo y Armando Pérez Roura, enriquecido tras décadas de infructuosa «lucha contra Castro», no son ciudadanos, sin embargo, manipulan e influyen en la vida política del sur de la Florida, promoviendo o recomendando candidatos políticos, los cuales siempre retribuyen generosamente el favor.

En este templo del anti-castrismo, donde no pasan cinco minutos en el aire sin que el nombre del caudillo cubano se mencione, no se admiten anuncios de compañías que hacen negocios directos a la isla, sin embargo otras que indirectamente los realizan a la luz del día, como supermercados y farmacias que envían medicamentos, o aquellas que venden ropas baratas o las maletas conocidas como «gusanos», si son bienvenidas.

Los sobornos y pagos bajo cuerda de políticos y cabilderos han llegado a un nivel tal en el exclusivo grupo de comentaristas y locutores de las emisoras «exiliadas» que -según la prensa local- la propia compañía propietaria de la estación de radio circuló un memorando prohibiendo aceptar pagos u ofertas que no vinieran a través del departamento de ventas de la corporación.

«El mejor agente que tiene Fidel Castro en Miami es Armando Pérez Roura», afirma Carlos, expedicionario de Playa Girón y miembro por décadas de grupos anti-castristas de línea dura que ahora manifiesta su descontento con los «mercenarios» que medran con el «exilio». «Analice usted a quién le convienen más los disparates políticos promovidos por ese señor".

Mientras tanto los Díaz votaron en masa con sus vecinos por el alcalde del condado Alex Pénelas en las recientes elecciones septiembre. El joven y amanerado político cubano-americano, seleccionado por la revista People en español como el «alcalde más sexy de los Estados Unidos" confiesa no dar un paso sin consultar con el anciano comentarista radial.

No sólo en la sala de los Pérez se mantiene la foto de Elián, en sus oraciones de cada día está el niño balsero, el cual tras ser devuelto a su padre regresó a su natal Cárdenas, el ahora mundialmente conocido limpio y encalado pueblito costero de la isla, convertido en noticia por obra y gracias del pulseo político de los intereses entre las dos orillas del pueblo cubano.

En la escuelita Marcelo Salado -otrora escuela católica intervenida por la Revolución en los 60- donde Elián regresó a su aula de primaria, no encontramos la estricta protección policial esperada en el protagonista de una historia que envolvió hasta al presidente Bill Clinton, sólo uno de sus condiscípulos montando guardia en la rejita de la entrada del patio.

-¿Quién cuida la escuela de Elián? -preguntamos. Y la respuesta salió de los ocho espigados años y la blanca sonrisa del pequeño y negro guardián, en su

uniforme malva y blanco: «Nosotros, sus compa-
ñeritos..." Una voz dulce y firme a mis espaldas
confirmó: «Nosotros..." y al darme vuelta encontré
una espigada y joven maestra.

Tras ella en la calle, bajo la bandera de la estre-
lla solitaria, varios vecinos llegaban: «Nosotros,
su pueblo..."

En el patio desierto del mediodía, bajo el sol lí-
quido del trópico, pétreo en su busto de hormigón,
José Martí presidía la escena. Las respuestas no
siempre están en las palabras, sino en los hechos
que pautan la vida. Por algo la frase del Arcángel
está enmarcada en oro en el vestíbulo helado de
Langley: «Conocerás la verdad y la verdad te ha-
rá libre...".

LNC Diciembre 2000

LOS DUEÑOS DEL MIEDO

Durante años lo malo y los malos venían del Norte, más que un afán de defensa, era un hábito de supervivencia bien fundamentado en la realidad de presupuestos millonarios del imperio para ataques, agresiones, atentados y hasta virus contra inocentes manadas porcinas, objetivo priorizado de los agentes de la oscuridad.

Pero los tiempos cambian. Los intereses de los poderosos son otros, más los hábitos mueren con pereza. Todavía todo al que entra por la puerta se esculca con sospecha, se anota en miles de papeles con siete copias y se almacena para la confirmación futura de la sospecha general.

La familia cubana se separó en un proceso doloroso en que fuimos rehenes del odio y la política rigió nuestras vidas durante décadas, llenando las voces en ambos lados de consignas malvadas y los muros de papeles torpes. Pero los tiempos cambian.

Hoy el hermano regresó, el hijo pródigo trajo el pan a la mesa, los amigos se reconocen tras los surcos de los años. La vida afuera no ha sido fácil y regresamos a recorrer los trillos no con el espíritu vencido, pero sí con el cansancio de los años y la experiencia que nos hizo ver más allá de los discursos vacíos.

Los tiempos cambian, pero los dueños del miedo siguen aceitando los cerrojos. Siguen propagando la desconfianza y el temor, siguen manteniendo con fiereza sus muros de papel, sus perros de peluche teñidos de ocre. Tan parecidos al puñado de malvados de enfrente.

Se niegan a reconocer el cambio, porque tal vez no sepan vivir de otra manera, o quizás lo saben, pero no quieren ceder un lucrativo medio de vida, de administradores del rencor y la desconfianza.

A la familia cubana no la separan ya millas de mar oscuro, abonado con los huesos de nuestros balseros, ni siquiera barcos de guerra y aviones artillados. Ya para los soldados no somos un objetivo cotidiano, han dado paso a los marinos, a los pescadores, a los turistas.

Sin embargo la reja existe, mucho más que en las mentes de todos, en el corazón de los dueños del miedo. Ellos custodian las llaves de nuestra alegría, controlan las claves del rencuentro, esquivan los disparos de amor.

Pero los tiempos cambian, las murallas se desmoronan y solos se quedan los cancerberos y sus rejas oxidadas en medio del páramo del odio. Los museos siempre son útiles, aun cuando estén repletos de artefactos muertos para ahuyentar la nostalgia.

Somos un grano de maíz en el proceso humano, aún ellos tendrán su sitio en la historia, en el departamento de guerras, justo al lado de la biblioteca de ocultismo y fábulas para el insomnio.

Mientras más pronto mejor.

LNC Enero 2001

EL REY DE LOS IDIOTAS
Carta Abierta a Carlos Alberto Montaner

No quiero hacer leña del árbol caído, pero ya que usted no se presentó a nuestro segundo debate acordado en la radio de Miami, evidentemente debo considerar que el cordero le resultó envenenado. Su desprecio por todo lo cubano, lo de aquí y lo de allá, no le permite apreciar ni los aires de Hialeah, ni la costanera de Miami, mucho que menos la idea de La Habana que ni siquiera conoce.

Por lo visto evaluó mal la educación y los principios para quienes la patria está antes que la codicia.

No voy a machacarlo exponiendo su turbación ante nuestras respuestas, pero sí me permito emplazarlo en sus afanes de demócrata. Nuestro humilde periódico, La Nación Cubana, hecho con los centavos de cientos de subscriptores de todos los rincones de los Estados Unidos y con los escasos anuncios de comerciantes que ponen sus principios por encima de la codicia, le ofrece sus páginas para expresarse.

Sólo pedimos a cambio la retribución a la altura de su autoproclamada posición de "demócrata" y "defensor de la libre expresión", y que se nos permita publicar en periódicos donde usted tiene una gran influencia como el caso de El Nuevo Herald - donde se censura a diario a periodistas como nosotros- y tantos otros del continente, donde su Firmas Press es priorizada.

No nos interesa siquiera nuestra firma, sino la de tantos colegas, periodistas independientes ellos que aprendieron en el calabozo y la deportación la dura lección de la defensa de sus principios y hoy conservan aquí sus escritos en una gaveta, mientras se ganan duramente la vida en el exilio, siendo censurados por la gran prensa y condenados al ostracismo, por quienes como usted, los utilizaron para enriquecerse.

Vamos a ser demócratas, vamos a pensar como el poeta que fundó una nación sin venderse al dinero imperial, pues temía que con Cuba tuvieran "esa fuerza más" para aplastar a Nuestra América: las ideas no se matan Sr. Montaner. No hay que tenerle miedo a las ideas diferentes, ¿no es ése en fin el principio de su "altruismo demócrata"?.

¿Por qué entonces negarle la oportunidad a tantos disidentes y periodistas independientes cubanos que están en contra del embargo o se niegan a leer los guiones que les mandan desde Miami para recibir las mesadas de las instituciones federales norteamericanas?

¿Por qué no permitir a periodistas exiliados, educados en Cuba y con una visión diferente de la situación de quienes como usted huyeron temprano de la isla y ahora no soportan ni compartir la cercanía al hogar de las humildes y esforzadas comunidades cubano americanas de los Estados Unidos?

Lo emplazo a ser lo que dice ser. Lo emplazo a ser tan idiota como nos califica usted a todos estos indios, negros, mulatos y balseros que pensamos que el respeto al derecho ajeno sí es la paz. La verdadera democracia está en la verdad, en la oportunidad pareja para todos y no en la hipocresía malva da de quien acepta el oro del imperio, mientras empuja a otros al sacrificio.

Aquí estamos, como siempre, de cara al sol, esperando que la historia decida, pero con el pensamiento de Abdala en el corazón: "El amor, madre, a la patria, no es el amor ridículo a la tierra, ni a la hierba que pisan nuestras plantas; es el odio infinito a quien la oprime, es el rencor eterno a quien la ataca...".

LNC Enero 2001

Sonando la latica

Llegó la hora de pasar la latica. Ajetreados andan por los pasillos del poder en Washington y Tallahassee los *hoceadores* de dinero federal, dinero de nuestros impuestos bien sudados, para seguir subsidiando su estilo de vida.

No importa cuan escandaloso sea el que durante cuarenta años no han cumplido una línea de sus planes de "liberar a Cuba" o de "enseñar democracia" a quienes no los llaman, ellos siguen pidiéndole dinero al imperio.

Una de las nuevas ideas es el que los contribuyentes paguemos millones de dólares por el Mausoleo del Exilio. En pleno corazón de la ciudad de Miami la llamada "Torre de la Libertad", ahora adquirida por la familia Mas Canosa, se ofrece como el lugar lógico para colgar las carabinas de Ambrosio y las empolvadas fotos de terroristas y batistianos.

Marco perfecto para ellos, cuando sobre las banderas desteñidas y el reguero de polvo de los retoques de última hora para vender la idea, se afanan los cabilderos para lograr más dinero para el olvido.

No es suficiente. No han sido pocos los cientos de millones de dólares que cada año se han destinado al soporte y la subvención de las instituciones y organizaciones "exiliadas", al engorde de las fortunas de este grupo de bandidos que durante años han medrado con nuestro sudor, mientras empujan a otros para conseguir los mártires necesarios a su plan.

Hace falta una carga para acabar con los bribones y los sietemesinos que ahora son un obstáculo, no sólo al desarrollo y la paz, sino al entendimiento y la reconciliación.

Basta ya de los marchantes del negocio de la crisis. Si quieren museo, llévenlo al rincón del oprobio, donde se marchitan las espadas melladas, los cerrojos oxidados y los muros del odio. No se necesita reverdecer símbolos de encono y rabia, es hora de pasión, pero de amor y alumbramiento.

Estrechemos filas para que no pase el gigante de las siete leguas, de sus sietemesinos se encargara la luz.

LNC Febrero 2001

LA HORA DE LOS ASESINOS

Llueven los insultos, las amenazas y los elogios torcidos. Es el triste resquemor del olvidado, el fulgor rapaz de la angustia sin freno de estos pobres fantasmas del exilio. Desprendidos de la patria por la centrífuga del proceso, son ahora almas sin ruta, aferrados a sus odios, a sus lamentos, a sus actos de fe en el desenfreno por pertenecer y ser aceptados.

Sin quererlo repiten las mismas ideas que dicen odiar, son producto de los sueños astillados, de la frustración de lo que no pudieron ser, por su propia inconstancia, mezquindad, o sencillamente torpeza.

Ahora se convierten en un freno a sus propios. No son parte nunca, sino orilla, por tanto deben desaparecer en la vorágine del futuro, en una sociedad demasiado atareada en destruirse para tomar en cuenta a los suyos, mucho menos a quienes se debaten en el borde, siendo sietemesinos de pueblo pequeño, impotentes ante la vida que se les apaga, atareados en la nada del desprecio.

Es triste, es patético, pero es real. Hoy en día la realidad se impone. La sociedad norteamericana avanza y el Mesías llegó y para él, en su inocencia, se abrieron las aguas para el regreso al amor, a los suyos, al terruño humilde, sí, frugal, también, pero pródigo en cariño y futuro.

Quienes en esta ciénaga de espanto se rasgaron las vestiduras y aullaron por la pérdida no lo hicieron por odio, ni siquiera por amor, fue el quebranto de la fiera ante la presa perdida, el resplandor de entendimiento en los cerebros astillados de que no hay una segunda oportunidad, como dijera el poeta, no hay regreso.

Mientras la nación vive y se transforma, cuando tras ella otros pueblos se afanan, los contactos se aprestan hasta de los enemigos, estas pobres almas del olvido, se empercuden en sus rincones de odio, sus alaridos se apagan y hasta la jauría férrea del imperio los aparta por inútiles.

En las almas sin ruta del exilio está su epitafio, en sus seniles garras la condena, en su odio visceral su sentencia: son los asesinos de su propia vida.

LNC Febrero 2001

LA TROMPETA DE LA DISCORDIA

Desmentidos en la radio, renuncias en privado y elogios en público y airados seniles "combatientes" agitando bastones ante jóvenes ejecutivos, son facetas del nuevo incidente de la Fundación Nacional Cubano Americana en la etapa de su desmerengue final. ¿La causa? La decisión del "chairman" Jorge Más Santos, heredero del clan Mas Canosa, de encabezar la campaña para atraer los premios Latinos de Música para la agobiada ciudad de Miami.

Mas, de 38 años, firmó una carta con el alcalde del condado Miami-Dade Mayor Alex Pénelas, entre otros para traer el espectáculo de la *Latin Academy of Recording Arts & Sciences* el próximo 12 de septiembre [N. del ed. 2001] en el estadio de la American Airlines del Downtown miamense, una de las cuatro urbes más pobres del país, donde cada noche cientos de "homeless" y drogadictos ocupan sus aceras.

Esto es posible gracias a la decisión de la Corte Suprema de los Estados Unidos, que levantó la prohibición del condado de hacer negocios con compañías que promovieron cualquier relación con la isla, promovida por el comisionado Pedro Reboredo, ahora bajo investigación por malversación de fondos públicos en Miami y Nicaragua, donde sus relaciones con el Presidente de ese país san sido motivo de escrutinio legal.

Uno de los principales méritos patrióticos de Reboredo, fue haberse machucado un dedo de un pie en un encontronazo con una torpedera cubana en una de las "expediciones" de la flota marítima del movimiento "Democracia", encabezado por el convicto Ramón Saúl Sánchez, reciclado integrante del desaparecido grupo terrorista Omega 7.

"Creo que es importante que se celebre en Miami", dijo Mas Júnior en una entrevista reciente. "Si se celebra en Los Ángeles o New York, esta comunidad no podría presentarse como el bastión de la libertad de expresión que es" [sic] y firmó una carta el 2 de febrero como "Presidente del Comité de Recepción de los Latin [Grammys] del sur de la Florida".

Con respecto a la música, Miami es famosa por la famosa "bienvenida" a la orquesta cubana Los Van-Van, donde se preparó un "caluroso" recibimiento a los músicos y las personas que asistieron al concierto, las cuales fueron atacadas por una turba transportada en ómnibus costeados por miembros de la Fundación y donde resultaron vejados y heridos hasta periodistas que cubrían el evento.

En emisoras musicales latinas de FM de Miami, se amenazó con el despido a los empleados que asistieran al concierto y anteriormente habían perdido su trabajo programadores y locutores por el simple hecho de poner al aire (o pretender hacerlo) música de artistas cubanos residentes en la isla. Aún hoy en día no sólo se toca esa música en contadas estaciones y se eliminan de los programas hasta artistas de otros países que visitan la isla.

ALGUNOS SENILES COMBATIENTES
SE ALTERAN ANTE LA PROPUESTA

Uno de los más airados es el señor Luis Botifoll, de 92 años, el decano de la FNCA quien tiene una calle y un teatro con su nombre en esta ciudad, dada al homenaje de los próceres vivos y adinerados: "No me importa si los traen o no. Pero no hago gestiones para que vengan. La fundación se creó para liberar a Cuba, no para promover negocios en Miami".

Hasta hace poco el Mas Júnior no había opinado sobre los Latín Grammys. Sus esfuerzos coinciden con la renovación de la Fundación, la cual comenzó luego de la debacle publicitaria que el "affaire Elián González" significara para el "exilio histórico cubano-americano" reaccionario y extremista ante la opinión pública norteamericana e internacional.

Algunos miembros del comité ejecutivo que accedieron a hablar sobre el tema con la prensa local, se quejaron de que Mas nunca los consultó. Añadieron que si él los promueve al margen de sus deberes con la fundación, sus ideas no dan una impresión adecuada sobre la FNCA a sus veinte años de creada.

«Eso no se discutió en la junta. El único que se beneficia de esto es Fidel Castro», dijo Horacio García, de 61 años, dueño de un negocio de comidas rápidas. «Mas es el presidente de la directiva, pero yo tengo derecho a disentir».

«Él puede hacer lo que quiera como persona, pero no bajo la Fundación», dijo Elpidio Núñez, un mayorista de 78 años, que añadió que el hecho de que los Grammy vengan a Miami «no va a ayudar a liberar a Cuba de ningún modo».

Traer los Grammy a Miami «sería algo provocador para los exiliados cubanos», dijo Diego Suárez, de 74 años, un industrialista y miembro del comité ejecutivo de la fundación, que fue parte del escogido círculo que creó la organización con el padre de Mas. «Como miembro de la Fundación, creo que es inaceptable que vengan artistas cubanos aquí».

HASTA DÓNDE LLEGA EL CISMA

Los problemas han llegado hasta a la radio, donde personas como la cincuentenaria "vocera" Ninoska Pérez-Castellón han enmudecido, sin embargo otros que no lo han hecho son el Dr. Alberto Hernández, quien fuera presidente de la FNCA, a pesar de tratar de restarle importancia al descontento.

Ante llamada de la prensa, desautorizó a Joe García, llamándolo "estúpido" en el aire, cuando se presentaba en un programa de la emisora AM La Poderosa de Miami.

Sin embargo otros como Francisco «Pepe» Hernández, el presidente de la FNCA, que elogia la posición de Mas, declinó decir quienes integran la lista de 28 miembros del comité ejecutivo, 19 de los cuales viven en Miami. Siete personas identificadas por miembros de la fundación como miembros del comité ejecutivo no quisieron hacer comentarios o no respondieron a las llamadas de la prensa local.

La FNCA tiene unos 150 directores y síndicos. No ha habido votación en cuanto a los Grammy, pero los que los apoyan y quienes se oponen coinciden en el descontento entre algunos miembros del grupo que durante años han tratado de ocultar sus diferencias.

Como las críticas de quien controla los millones destinados a la Fundación por la fortuna amasada

por la familia, el Júnior Mas, no son recomenda-
bles, a pesar de los roces y encontronazos con los
más extremistas dentro del colectivo, se centraron
en el director ejecutivo Joe García, cuya renuncia
hace dos semanas no ha podido ser confirmada ofi-
cialmente.

Sin embargo, en declaraciones a la prensa local,
dijo: "Estas son personas de carácter fuerte. Tienen
debates violentos entre ellos. No son problemas a
lo Mickey Mouse". Se ha comentado en círculos pe-
riodísticos que García podría trabajar con el candidato demócrata a la vicepresidencia, el actual se-
nador demócrata Joseph Lieberman, cuya visita a
la tumba del fundador Jorge Mas Canosa, padre de
Jorge Mas Santos y fundador de la FNCA, durante
su campaña electoral, fue motivo de ira para muchos.

Otros simplemente dicen que esas "discrepancias"
no se comentan en público. "Somos 100 personas,
tenemos opiniones diversas", dijo Clara María Del
Valle, de 56 años, miembro del comité ejecutivo.
"Pero la ropa sucia se lava en casa".

Incluso el nonagenario Botifoll indicó que no le
gustaba darle opiniones a la prensa, pues hacer
público el desacuerdo "ayuda a Castro. Simplemente ponga ahí que la fundación está más fuerte
que nunca, más unida que nunca,' y tiene más recursos que nunca. Punto", fueron sus palabras.

"No tenemos temor de confrontar al enemigo con
ideas. Esto ayudará a poner el asunto de Cuba en
los titulares", dijo otro miembro del comité ejecutivo, Lombardo Pérez Sr., un hombre de negocios de
61 años.

Mientras dentro de la Fundación algunos tienen
posiciones encontradas, en la calle personas que no

quieren sus nombres en los periódicos consideran que con un Republicano en la Casa Blanca, quien pudiera mantener estrictamente el embargo a Cuba, Mas Júnior se siente más seguro en sentar sus posiciones sobre "limpiar" la imagen del "exilio histórico" y espectáculos como los Grammys en Miami pudieran contribuir a ese objetivo.

¿CAMBIO DE RUMBO?

El cambio en la política de la Fundación hacia Cuba, para permitir la entrada a la isla de su influencia de una forma más directa, como los lineamientos expresados por Jorge Mas Santos el siete de diciembre pasado en Washington, promoviendo la idea de pequeños préstamos a negocios independientes de la isla como comedores populares, restaurantes, hostales, campesinos, guarderías y clínicas pertenecientes a las iglesias.

Aseveró que la ayuda debía introducirse a través de organizaciones no gubernamentales y que cualquier intento del Gobierno cubano por interferiría expondría la poca misericordia con su propio pueblo. En ese discurso ante la organización Diálogo Ínter-Americano, un grupo cuyos miembros regresaron recientemente de la isla, Más mantuvo su crítica ante esas visitas, pidiéndoles que la próxima vez llevaran libros para las "bibliotecas independientes".

Luis Botifoll y Diego Suárez, miembros fundadores de la FNCA dijeron a la prensa local que en general están de acuerdo con apoyar a la disidencia pero nunca apoyaron la idea de distribuir computadoras, teléfonos celulares, o dinero para negocios independientes dentro de Cuba.

"En la teoría parece precioso: computadoras para pelear contra Castro," dijo Diego Suárez. Pero cualquier equipo inevitablemente irá a las manos del Gobierno cubano, quien mantiene un control "del cien por cien y nunca permitiría ni una calculadora en las manos de la oposición".

"En vez de eso mándenles dinero a las familias de los presos políticos".

"No apoyamos hacerle préstamos a Castro", Dijo Botifoll.

INCREMENTAR EL APOYO A LA DISIDENCIA

Domingo Moreira, un miembro del ejecutivo de la FNCA a favor de los Grammys dijo que no espera éxitos en la idea de los préstamos pero que probar no es malo. A pesar de que hace tres años la directiva aprobó el incremento de la ayuda, nunca se sometieron planes específicos como éste ante ellos.

Otras organizaciones de la línea más extremista del "exilio cubano" como la Junta Patriótica Cubana, rechazaron de plano la idea: "No creemos que la política no tiene relación con las artes y el deporte. Sólo las personas en favor de los regímenes tienen la posibilidad de demostrar sus talentos artísticos, atléticos o intelectuales en eventos internacionales".

Y los oyentes a las estaciones de radio de AM del "ghetto" miamense han expresado su furia durante días contra los motivos de Mas Júnior, quien hace apenas un año tomara el control de la Fundación creada por su padre en 1981.

El propietario de la estación de Miami La Poderosa, Jorge Rodríguez, director de la Fundación de 1983 a 1990, dijo que Mas Santos había calculado mal cuando se involucró en la causa de los Grammy. "Si alguno de los artistas viene de Cuba y gana un premio, los exiliados quedarían en mala posición. ¿Los Cubanos -como Jorge Mas Santos o yo- que hemos peleado contra el Gobierno cubano durante 40 años seríamos los huéspedes? Todo el mundo se opone a eso".

Sin embargo Mas Júnior se mantiene en sus trece y dijo" "Yo no oigo a La Poderosa".

LNC Febrero 2001

BORBOTONES DEL DELIRIO

No se trata ya del impromptu de la armonía sublime sino de la ordalía estúpida del juicio final, son la casa matriz del improperio, la progenie primaria del disparate, en fin, estamos ante los delirios del odio y la malarrabia. Ante la perfecta combinación del diseño químico para controlar la senectud y el *delirium tremens* de los alcoholes imperfectos.

¿Quién hubiera dicho que de república perfecta y carnada de bien nacidos pudiera surgir tamaña monstruosidad? Papagayos radiales orondos, deseosos del cambio, de implantar su semilla en la "patria nueva", luego de tres días de jolgorio sangriento para "ajustar cuentas" y castrar nativos.

Implantadores del futuro, rogando por la muerte de un inocente, por el sólo delito de regresar a los suyos.

Enumeradores de muertos, muchos de ellos criminales manchados de la sangre o el honor de otros, o sencillamente infelices sietemesinos, embaucados por sus propios cantos de sirena de capitanes Araña, a los horrores del agua negra del océano insondable.

¿Son ustedes el ejemplo, el altar donde todo cubano debe expresar su *mea* culpa y rasgarse las vestiduras ante sus miradas fieras? ¿Son ustedes el tribunal máximo al cual políticos e intelectuales deben someterse para obtener la aprobación divina de sus cesáreas mentes delirantes?

Estamos hastiados de odio, de soberbia y estupidez. Es hora de abrir caminos a la esperanza, de darles a los nuevos una visión más allá de miedo y el vicio.

También hay al otro lado quienes se han mirado demasiado en el espejo del delirio, quienes sólo nos ven a través de las palabras de lo vociferantes y se aíslan tanto como ellos tras el cerrojo oxidado de la pared que ya no existe. Esas pobres almas sin destino ni seguidores son tan tristes como lentas en la comprensión del mañana: no hay futuro para el odio.

LNC Marzo 2001

LA REPÚBLICA DEL MIEDO

Muchas veces se escuchan las loas a los "aportes cubanos a la sociedad norteamericana" a nuestra pujante cultura milenaria de platanitos y choteo, pero lo más impresionante es el elogio a la forma en que "nuestra forma de ver la vida" ha impactado a las comunidades donde residimos, como el caso del Sur de la Florida, donde se asienta la inmensa mayoría del casi un millón de cubanos emigrados.

En realidad existe un aporte innegable a la sociedad norteamericana y va más allá del simplismo y el alarde, es el esfuerzo de nuestra gente por insertarse en una sociedad extraña y rapaz, es su arduo trabajo cotidiano en enraizarse en este pantano arenoso, donde el racismo y la soberbia son plagas más peligrosas que indefensos cocodrilos o serpientes de coral.

La mayoría de los cubano-americanos en esta parte de Norteamérica hemos venido a estas tierras después de 1980 y más de la mitad no ha roto sus lazos con la isla, viajando frecuentemente a Cuba. Tanto es así que más de medio millón de cubanos residentes en los EEUU tienen pasaporte de su país de origen, medida exigida por el Gobierno de la isla, junto con un costoso permiso de entrada, tramitado cada vez que viajan a su patria.

Estos emigrados, en la búsqueda de un futuro económico mejor para sus familias, se han asentado mayoritariamente en comunidades de dos estados, la Florida y Nueva Jersey, donde han aprovechado las bases de pequeños negocios y otros grupos de habla hispana que les han dado pie para su aclimatación inicial en los Estados Unidos, teniendo un terreno favorable que no ha estado al alcance de otros inmigrantes.

Sin embargo, en el caso de los cubano-americanos, las grandes fortunas y el poder político se concentran -con las naturales escasas excepciones- en los *batistianos* y sus descendientes, así como en las personas vinculadas al narcotráfico y sus secuelas, como el lavado de dinero ilícito o la política, término muy árido para describir la industria que se mueve en derredor de la corrupción y los subsidios federales a los "combatientes" por la libertad de Cuba.

Una pléyade de organizaciones "exiliadas" de todos los pelajes, cuyo principal mérito es el chantaje a los hombres de negocios locales y su propia gente, subsiste gracias al dinero de las instituciones norteamericanas, escabulléndose del diario honor de ganarse el sustento y ocupando ríos de tinta y horas interminables de radio, las cuales convierten en sentinas de insultos y ataques, no sólo a sus "enemigos ideológicos", sino a quienes se niegan a "pagar el barato" de sus coimas, o a participar en sus periódicas colectas para una lucha inexistente.

Esta enfermiza y cancerosa tendencia se ha extendido a la prensa local, donde el temor bien fundado se extiende por redacciones y estudios, limitando la libertad de expresión a tendencias enfermizas que han destruido periódicos y reputaciones, ante el terrorismo de nuevo corte, el económico, el cual ha hecho quebrar a estaciones de radio y televisión y publicaciones de todos los tamaños.

Las amenazas no siempre se hacen sangre, pero este grupo gansteril prospera gracias al miedo extendido en la comunidad, ante represalias bien reales, como grupos organizados y pagados constituidos similarmente a las "porras" de nuestra historia reciente, movilizados para amedrentar a quienes se atreven a salirse de la línea pautada por los rabiosos "combatientes por la libertad", o sencillamente no pagar los derechos a su paz.

Esta república del miedo, donde medran la corrupción y el cohecho, donde gobiernan delincuentes y asesinos -no en potencia pero sí muy reales-, donde el principal mérito es seguir al *malandro* que ha hecho fortuna con el robo y la mentira, es el principal aporte de estos cubanos de origen y mercenarios de corazón a la sociedad norteamericana, lo cual mancha a toda la comunidad y avergüenza a nuestros hijos de sus raíces cubanas.

La esperanza de los tontos es que el tiempo y la naturaleza los hagan desaparecer, pero la simple bondad no acaba con la maldad, hay que poner fe, carne al hueso de la intención, músculo a la idea del triunfo. La forma de vencer a los malvados es nuestra propia virtud, la unión de los justos y la participación plena en la defensa de nuestra vida y la de nuestros hijos.

Ellos no son nosotros, son una enfermedad lógica de las sociedades, su lado oscuro y malvado, pero en las palabras del poeta, los sietemesinos permiten medrar a los *malandros* con la complicidad de su tibieza, sólo la voluntad de la esperanza podrá limpiar nuestras comunidades de los representantes plenos de esta república del miedo.

LNC Marzo 2001

Embusteros y serviles

De nuevo son noticia, no por novedad sino por ser tan predecibles como los huracanes nuestros de cada año. El Comité Cubano por la Democracia (CCD) no sólo ha cortado todo los puentes con Cuba, sino que sus propios miembros, uno a uno, abandonan una organización que por temor, codicia y cobardía de algunos, es impulsado a retroceder a las cavernas del extremismo.

En un momento en el cual las instituciones norteamericanas que patrocinaban sus esfuerzos en épocas mejores, con vistas al entendimiento, la búsqueda de la democracia y la libre expresión en nuestra comunidad en los Estados Unidos, y la influencia posible en la sociedad de la isla, se dirigen a establecer puentes y la búsqueda de un acercamiento al pueblo cubano, esta actitud no es sólo disparatada, sino estúpida.

Por supuesto, nadie puede estar por encima de uno mismo y las recientes incorporaciones al ejecutivo del CCD han probado que este tipo de polvos siempre traen los mismos lodos.

Estos desechos de la órbita del extremismo han buscado acotejo en los llamados moderados, con las consecuencias de que esta otrora prometedora organización se ha dejado penetrar por la semilla de su destrucción, manejados en la trastienda por quienes con sus malévolos intereses mercenarios, han destruido no sólo periódicos e instituciones, sino vidas y reputaciones.

La renuncia de Carmen Duarte, conductora del programa radial Transición en Unión Radio, el digno enfrentamiento de una colega que durante años supo mantener una línea independiente y profesional contra viento y mareas de ambas orillas, deja al CCD como el rey de la fábula, en cueros ante la realidad que mentiras y tretas no pueden velar: las instituciones que financiaban una vía alternativa no están interesadas en patrocinar un grupo sin mañana.

Es lastimoso y a la vez risible, ver a personalidades inteligentes y prestigiosas de nuestra comunidad en un correveidile deplorable por tratar de salvar lo que una vez fue un movimiento pujante y prometedor. Pero lo que hace falta, como diría el poeta, es una carga para acabar con los bribones y limpiar el establo en que han convertido a la organización.

A ellos corresponde esta tarea, no por ser parte de un grupo político más, sino por las esperanzas depositadas en su promesa de diálogo, rencuentro y democracia, no tanto para la isla lejana, ya imposible para quienes no tengan las manos y el corazón limpios, sino para nuestra comunidad aquí, en los Estados Unidos.

Se cierran oficinas, alejan talentos y pierde brillo el discurso, es una pena y a la vez motivo de reflexión: en época de definiciones, no valen medias tintas.

LNC Abril 2001

EN HONOR A LA VERDAD

Nada humano nos debe sorprender, sobre todo en política. Ahora los Estados Unidos descubren que los debates y entretelas de la Comisión de Derechos Humanos de las Naciones Unidas tienen de todo menos de eso, no es más que un grupo donde la política determina las sanciones y las acciones están pagadas por los intereses.

Si dijéramos que es un circo para castigar gobiernos y pueblos que se oponen a los poderosos, tal vez estaríamos ahora en la óptica de Washington.

Todo evoluciona y todo cambia, pero quienes influyen en nuestras vidas, tienen que conocer de nuestra respuesta y reacción ante sus decisiones, pues los errores de las personas,-sobré todo cuando les concedemos ese poder, influyen en la cotidiana realidad de todos y cada uno de nosotros.

Nos quejamos de que no podamos ir a ver a nuestras familias más que una vez cada doce meses, de que los vuelos a Cuba son costosos, incómodos los procedimientos e interminable el papeleo, pero ¿qué hacemos para provocar el cambio? Cientos de miles de cubano americanos, sus familiares y amigos, viajan cada año a la isla, en más de 34 vuelos semanales, solamente desde Miami, Nueva York, Los Ángeles, además de los vecinos Cancún (México) y Nassau (Bahamas), teniendo que enredarse en el costoso papeleo para abordar un avión y embarcarse en un viaje tal vez ilegal, según las actuales leyes del embargo para poder llegar a su destino.

En algún momento de su vida en este país más de la mitad de los cubano-americanos residentes en los Estados Unidos, los cuales superan el millón doscientos mil, han visitado su patria, pero hasta ahora sólo algunos cientos de miles se han opuesto públicamente al embargo y a sus regulaciones, las cuales esquilman y limitan sus derechos constitucionales en su país de adopción, al cual se supone han venido en la busca de la libertad perdida.

¿Dónde está la defensa de esos principios al estilo americano? ¿Dónde la libertad de expresión del país que se arroga el derecho de evaluar a todos los otros? ¿Dónde, en fin, los derechos individuales de libertad de viaje, asociación y representación?

Los cacareados representantes federales de la comunidad cubano-americana en el sur de la Florida, responden en primer lugar a los intereses especiales a quienes no les interesa la opinión de los electores y a un selecto grupo de seniles, muchos de los cuales llevan en sus conciencias la sangre y la miseria de otros, tal vez de los familiares y amigos o de las mismas personas que hoy comparten con ellos estas calles.

La sociedad humana no puede estar controlada por el miedo, las relaciones entre las personas no pueden ser dictadas por la doble moral, la comunicación entre las familias no pueden estar determinada por aquellos que no tienen moral ni derecho a separarnos.

No es honorable ni posible, el escabullirse por un puerto ajeno para compartir la felicidad del encuentro con los nuestros. Fuera de cualquier rencilla política, o deseo de un nuevo gobierno para nuestro país de origen, debemos de tener el respeto de las instituciones y la comunidad en que vivimos.

Es sólo de cobardes el esconder nuestro deseo de ser felices. Es hora de abrir las maletas e incorporarnos al mundo nuevo, pero la vida del inmigrante sólo es completa cuando salda todas las cuentas con los suyos en aquel mundo pasado, esto es, si no está en nuestra conciencia, el veto a tomar posiciones a la luz pública.

LNC Abril 2001

SOBERBIA Y EGOÍSMO

Lo que esta ocurriendo en California con la electricidad tiene a mi juicio distintos significados. Entre ellos esta la decadencia del imperio por el camino que lleva; el rechazo al ALCA; la trompetilla sonora a la Fundación Nacional Cubano Americana y por último demuestra los males del capitalismo.

Como para poder sustentar y ampliar su modo de vida los EEUU han dependido del abuso a los pueblos más desvalidos arrancándoles la materia prima a precios irrisorios y manteniéndolos en un plano de indefensión e ignorancia, llega un momento que ni eso satisface su estándar de vida.

Ahí surge la escasez eléctrica y la inconformidad de un por ciento enorme de una sociedad arrogante, que como sus gobiernos, desea mantener a toda costa un sistema de vida completamente artificial, donde el egoísmo es una virtud, el materialismo un fin en sí mismo, el robo del intelecto ajeno una misión, la destrucción del medio ambiente un derecho, el terrorismo de Estado un instrumento de sumisión y la discriminación una consecuencia de la falta de solidaridad con el prójimo.

No acostumbrados a vivir de rodillas les cuesta cada vez mas trabajo arrodillarse y su consecuencia natural es el ocio que a su vez trae la estimulación anormal de los deseos y con ello el desmembramiento de la familia y la destrucción de la sociedad.

Decimos que los apagones en California influyen también en el rechazo del ALCA.

La demanda de los Estados Unidos por energía los apresura a aumentar su presión en nuestros países de América, ricos en energéticos y materia prima en general.

Trata de convertir a estas naciones que han de formar el ALCA en meros proveedores de los elementos necesarios para que el oasis norteamericano continúe viviendo en un esplendor que ni han ganado en buena lid ni han trabajado y todo sobre las espaldas de los pobres de América.

Y ya los pueblos nuestros no están dispuestos a eso. Tarde o temprano, a pesar de la traición de los gobernantes que los representan, ha de llegar el momento de la posición firme de esas naciones a lo Cuba para impedir que ese robo constante, que solo produce miseria en sus victimas, continúe.

Por años la Fundación Nacional Cubano Americana se ha burlado del esfuerzo cubano por superarse a pesar del bloqueo que ellos mismos han logrado contra su Patria.

Dentro de esa burla protagónicos han sido los apagones que se han producido en Cuba durante años por falta de energéticos. Esta los ha ido superando y ahora los burlones son burlados.

Por eso es que su castigo es la humillación, la frustración, su hundimiento con el imperio que ellos tanto se han escudado y una sonora trompetilla cuyo eco habrá de llegar este próximo 20 de Mayo a la Casa Blanca donde estos babosos celebrarán junto con el yanqui explotador su legitimo bautismo que los ha hecho ganarse el galardón de los "anexionistas más activos de las Américas".

Aunque somos de la opinión que ciertas actividades capitalistas son beneficiosas a la sociedad, no están entre ellas los llamados consorcios y transnacionales que no son mas que un Estado dentro de otro Estado sin tener siquiera la mirada supervisora del ciudadano. Son verdaderos continuadores del fascismo que un día prevaleció con ese nombre en lugares del mundo y cuyo poder hoy por hoy es superior al del *Opus Dei*.

¿Cómo es posible que factores tan importantes como la electricidad, el agua, la salud, la educación puedan estar en manos de aquellos que solo buscan ganancias y poder?

¿Cómo es posible que se deje en manos de particulares los monopolios que ponen en riesgo hasta la estabilidad del mismo gobierno de la nación donde actúan?

¿Cuantos golpes de Estado en nuestros países han sido provocados por esos consorcios a fin de defender sus únicos intereses no importa que hayan ido en contra de los intereses de esos pueblos?

Es cierto que la burocracia y la politiquería son los males de los Estados, pero eso tiene arreglo inmediato. Lo que no lo tiene es que bajo el peso de enormes deudas, bajo el temor de invasiones militares o bloqueos económicos, nuestros gobiernos, aun actuando en el mejor interés de sus ciudadanos y dentro de la honestidad más notoria, puedan sacar la cabeza del hoyo en el que han sido metidos por esas transnacionales a menos que se amarren los pantalones y se llenen de la virilidad necesaria para resistir y se unan con otras naciones que sufren los mismos males para formar un cuerpo suficientemente poderoso para no solo contrarrestar la fuerza de esos imperios y sus lacayos sino para a la larga imponerse y progresar en beneficio de todos los pueblos del mundo.

Analicemos pues la lección energética en todos sus aspectos y actuemos en consecuencia.

LNC Mayo 2001

PANTANO DE MARAVILLAS

Las noticias de los últimos días en Miami se re-
fieren al tema favorito del exilio cubano, cómo su
adorado Gobierno americano va a distribuir cien
millones de dólares entre las sedientas organizaciones de seniles combatientes por la libertad que
durante cuarenta años han tratado infructuosa-
mente de oponerse al proceso revolucionario en la
isla.

Sin embargo la mentalidad "platista" de tantos
adoradores de la idea de la imposibilidad de hacer
una nación libre e independiente sin la tutela norteamericana, continúa teniendo sede y hogar en el
sur de la Florida.

Ahora hay una concertación marcada por el billete verde. Los llamados moderados (pudieran ser el
Comité Cubano por la Democracia) o tantos otros
como los otrora *dialogueros* arrepentidos, se arre-
molinan ante la oferta millonaria de la Administración Bush, agrupándose según afinidades y
grupos sociales, no ya por intereses, que todos
quedan en el concepto unitario de la aspiración al
billete federal.

Pero hay menos a repartir que lo esperado. El pa-
quete es para los cuatro años de Administración
republicana y por lo menos 80 millones van a la
radio y televisión Martí, las cuales mantienen su
misión imposible de llegar con su sarta de mentiras y sandeces al pueblo cubano, tan evidentes que
las encuestas de opinión realizadas por universi-

dades norteamericanas -por encargo del propio Gobierno federal- dan cada vez menos oyentes para la radio y por supuesto, cero televidentes para la otra.

Se trata de una carrera contra el tiempo, de un relevo de generaciones en la cual e! propósito principal es continuar viviendo del cuento de la lucha por la libertad de Cuba, un país y un pueblo que nunca les ha pedido esa dedicación obsesiva y al cual le va evidentemente muy bien sin ellos.

También a nosotros, aquí en el sur de la Florida, nos iría muy bien sin ellos, sin sus estridentes amenazas, sin sus corruptas campañas para controlar el dinero público, sin los arteros ataques contra los cientos de miles que viajan a la isla, mantienen el contacto con sus familias y tratan de vivir una vida decente en este pantano de maravillas.

La Administración Bush va a comprar tranquilidad saciando la codicia y proporcionando los recursos para que continúen sobreviviendo sin tener que ganarse el sustento esta pléyade de seniles batistianos y sus herederos. Quienes sufrimos su influencia malsana en la política local, donde cada vez con más frecuencia se descubren escándalos de corrupción, malversación y mal manejo de los fondos públicos por estos personajes y sus paniaguados, sabemos de lo que son capaces contra su propia gente.

Pero una a una se apagan sus emisoras. Uno a uno van cayendo ante la justicia los corruptos y los criminales. Cada día, con cada familia que viaja a la isla y restaura son lazos con la Patria, se descubren sus mentiras y maldades.

Podrán venir concertaciones y asambleas, reuniones y pactos, donde banderas de moderados, unitarios, extremistas e intransigentes, se entretejerán en el mismo color verde la traición y la miseria moral. Pero en el pardo salón que se reúnan, no dejará de traslucir la luz de la verdad: en Cuba hay un pueblo entero y en la emigración somos muchos los que descubrimos sobre sus oropeles las escaras de sus miserias.

No hay esperanza para ellos, ni futuro para la maldad.

LNC Mayo 2001

GANADO ELECTORAL

El hecho bufonesco del cambio de nombre de la Fundación Nacional Anti-cubana por el de la familia Mas Canosa -en definitiva la que costea la organización- y de uno de sus ex esbirros exigiendo una coima a nombre del registro del antiguo nombre, va más allá del simple folletín tradicional del gueto.

Se trata del concepto de impunidad, de la soberbia expresa de estos elementos para con la comunidad cubano americana, la cual se mantiene en la oscuridad de estos manejos, dirigidos a evitar el pago de impuestos al fisco federal y a otras marañas legales quien sabe a qué niveles, las cuales en definitiva afectan a esos mismos que los apoyan en sus ya mermados ingresos.

Es trágico que cientos de personas de esta comunidad, se priven de sus ahorros y bien ganados salarios para alimentar a estos personajes, quienes en ocasiones como ésta muestran su desprecio hacia ellos mismos olvidándose de informarles que su organización cambió de rumbo, de nuevo en la búsqueda del billete fácil.

Haría falta saber si sus mermados seguidores, seguirán comportándose como ganado electoral, votando por mantener a quienes propugnan un embargo, dirigido contra ellos mismos y sus familias, pues les incrementa los gastos de viaje, de envío de ayuda a sus familias y hasta sus llamadas telefónicas.

Deberían preguntarse esas personas, si el desangramiento del sur de la Florida en miles de millones de dólares hacia el Caribe, no es producto de esa estrategia brillante que impide el comercio normal con Cuba y cómo ello afecta sus vidas cada día aquí en Miami-Dade, donde los servicios cada vez son peores y más costosos.

El ganado electoral sigue queriendo a quien le desprecia, sigue respetando a quien le miente, es una buena vía para llegar al purgatorio, al menos de ese lugar nunca nadie ha regresado. Pero estos seguidores del imposible, siguen dando la otra mejilla cada día.

LNC Julio 2001 – Julio 2002

Líderes de papel

Se marchan los Grammy latinos de Miami, uniéndose a la larga lista de eventos, conciertos, congresos, conferencias y oportunidades que perdemos a diario por la actitud de quienes ponen y quitan políticos, hacen quebrar negocios que les estorban o sencillamente se niegan a avanzar con el desarrollo.

La noticia del retiro de los Grammy Latinos de Miami por temores de protestas "planeadas por exiliados cubanos contra la presencia de artistas de la isla de gobierno comunista que puedan amenazar la seguridad de los participantes y espectadores" no nos tomó por sorpresa.

No se trata aquí del simple hecho de pesos y centavos, aunque esos millones de dólares, bien servirían para aliviar la situación económica local, sobre todo de la ciudad de Miami, una de las más pobres de la nación y con mayores problemas de delincuencia y desempleo en todos los Estados Unidos.

Tampoco queremos negar el derecho innegable a protestar que pueda tener cualquier persona en este país, o en los nuestros, ni siquiera de olvidar el sufrimiento o las penurias de cualquiera al abandonar su país por motivos legales, económicos o de principio.

La raíz del problema es el control que ejerce un grupo bien pequeño y de intereses muy estrechos en la política local y por consiguiente la influencia que tienen en las vidas de todos nosotros a lo largo y ancho del sur de la Florida.

Ese grupo político de exaltados, expulsados y detestados por su propia clase, hasta de la misma Fundación Cubano-Americana, o de los círculos sociales de esa comunidad, se emperra en impedir el levantamiento del embargo, o al menos de las restricciones de comercio que pudieran permitir recuperar esos cientos de millones de dólares que cada año desangran al sur de la Florida y parten hacia Cuba.

Es hora de que las comunidades no-cubanas, los afro americanos, los anglos, y todos los residentes del sur de la Florida nos unamos a los cubanos que optan por un cambio y pongamos fin a esta tiranía de los irracionales que daña y hiere a nuestras familias, frena nuestros negocios y nos trae la vergüenza nacional e internacional con acciones como la que acaba de ahuyentar a los Grammy Latinos.

Promovamos a los mejores y barramos con estos líderes de papel que se pliegan a los poderosos y los irracionales. Pensemos que con nuestra inercia comprometemos el futuro de nuestros hijos, y empeoramos el nivel de vida de nuestras familias.

LNC Agosto 2001

LA PUERTA DEL CAOS

Pegado al cristal del aeropuerto internacional de La Habana, Jim de Lousiana observaba el moderno 737-300 de Continental Airlines en el que nosotros acabábamos de llegar. "¿De dónde viene ese avión?" -preguntó.

"De Miami", le respondí. Entonces movió pesaroso la cabeza y se alejó hacia la larga fila de Inmigración diciendo: "¿Por qué tuvimos que ir a hasta Cancún y luego venir a la Habana en ese avión ruso?".

El descubrimiento de la isla prohibida es parte del secreto mejor guardado por el Gobierno federal norteamericano y sus consejeros de la extrema derecha cubano-americana: es legal y posible viajar a Cuba desde tres ciudades norteamericanas en aviones de Continental, United y American Airlines, si usted sabe corno desbrozar las intrincadas regulaciones del Departamento del Tesoro federal.

A pesar de la baja del turismo en la isla que afecta rudamente su economía desde antes de los acontecimientos de Septiembre 11 en Nueva York, los visitantes norteamericanos hacia la isla crecen, sobre iodo a través de México (Cancún) y Bahamas (Nassau), donde en ocasiones salen hasta tres vuelos diarios.

Solamente en enero más de 2,000 norteamericanos visitaron "legalmente" la isla por los vuelos de Miami, Nueva York y Los Ángeles que .conectan con cinco ciudades cubanas y el propio ministro del

Exterior, Ingeniero Felipe Pérez Roque dijo que el año pasado fueron 80,000 viajeros a Cuba en diferentes condiciones,

Del propio México vino hace apenas una semana el propio presidente Vicente Fox en una visita a La Habana, de la cual el propio Fidel Castro nos dijo a un grupo de periodistas hace dos días que quedaron "en el aire algunas ideas'*, pero aparentemente lo más concreto fue la promesa mexicana de apoyar a Cuba en la Comisión de Derechos Humanos en Ginebra.

La concesión de Fox a la Administración Bush de entrevistarse con los disidentes cubanos no provocó molestia aparente en las autoridades cubanas, pero tampoco se acordó nada en cuanto a inversiones y compras a México, desde donde el comercio ha disminuido en casi 300 millones de dólares en los últimos cinco años.

Los veinte minutos de fama del selecto grupo disidente reconocido por la Oficina de Intereses Norteamericana (Embajada), terminaron en el vodevil de la frecuente visitante de las estaciones de radio de Coral Gables Marta Beatriz Roque, la cual acusó a una oficial de la policía cubana de registrarle su brassiere inclusive bajarle los bloomers en público para obtener las llaves de su apartamento, la cual se negó a dejar fumigar en la campaña contra el mosquito trasmisor del dengue hemorrágico, por el cual han fallecido recientemente dos personas y más de 1,600 han sido infectadas en La Habana.

Esos casos no llegan al turista, ni a los refrigerados hoteles de La Habana, pero la baja del turismo sí se refleja en el mantenimiento y los recursos destinados a los hoteles, donde reaparecen las cucarachas, los teléfonos no funcionan y el menú es escuálido, mientras dormitan en los parquees decenas de taxis sin destino.

El año pasado era fácil hasta de un teléfono celular, obtener en unos minutos un taxi, despachado por radio de las variopintas compañías de alquiler con tarifas de 80 a 90 centavos el kilómetro, pero ahora son grabaciones las que responden al cliente que debe esperan en el *aplatanante* sol cubano a ser atendido.

Por ello intentamos uno de los añejos "almendrones" (eufemismo de los cubanos para tos traqueteantes automóviles norteamericanos de los 50, ahora con corazón de camión ruso) los cuales cobran $0.40 por atravesar la ciudad de un punto a otro, humeantes y llenos del típico y oloroso colorido caribeño,

El chofer, Raúl, moreno, pecho velludo donde descansaba una medalla de la Caridad del Cobre del tamaño de un plato de café, en shorts y camiseta, sorteando las bicicletas y el tráfico con destreza de torero, nos respondió a nuestra pregunta sobre los barcos norteamericanos de maíz y trigo: "¿Qué maíz?".

Le explicamos que Cuba había comprado alrededor de $40 millones de dólares en los Estados Unidos y que ya habían entrado algunos barcos desde puertos de la costa este con cargamentos; "Bueno, el pan ha mejorado, pero del maíz..., tal vez se lo dieron a las gallinas"-

"¿Entonces hay más carne de pollo y huevos?", le dije. "¡Que va mi hermano!, respondió combinando la interjección contra un inmenso camión repleto de plátanos que nos esquivó por centímetros: "El huevo está perdió..."

El propio Fidel Castro confirmó en público que el país se proponía comprar más de $35 millones de dólares en medicinas y alimentos, aunque -según él- de los productos médicos no existen ofertas de la parte norteamericana, la cifra de compras cubanas antes de la implantación de la ley Helms-Burton a subsidiarias norteamericanas superaba los $600 millones anuales.

El Gobierno cubano ha destinado los actuales embarques norteamericanos de trigo, maíz y granos a lo que llama su "reserva estratégica", mermada tras las afectaciones del huracán Michelle el año pasado y se propone, según fuentes de alto nivel cubanas, hacer compras de leche en polvo y otros productos en conserva de larga duración, inversión no muy descaminada, sobre todo tomando en cuenta las caóticas situaciones de transporte, refrigeración y distribución interna del país.

Volvimos al Hotel Nacional de Cuba, una joya arquitectónica e histórica de Cuba, inaugurada en Diciembre de 1930, donde mañosos, artistas y personalidades se han alojado durante décadas, y que es uno de los que mejor servicio brinda en la ciudad, con una terraza que es hoy punto preferido de diplomáticos, espías, "macetas" y revisionistas del marxismo tropical cotidiano.

Sentado en su maleta el amigo Jim esperaba en el lobby del Nacional que su habitación estuviera lista, mientras su esposa Ana escuchaba aleada a un trío de guitarras y maracas con su interpretación de "Dos Gardenias", de la cual evidentemente no entendía una palabra.

Salimos a la terraza y mientras esperábamos por nuestro primer mojito de la tarde, veíamos cómo constantemente los turistas norteamericanos tropezaban uno tras otro con la puerta de batientes que por los últimos tres días sólo permitía el paso por la puerta izquierda sin aparente molestia para los cubanos, quienes cada vez en mayores cantidades se ven en los hoteles.

Cuba espera por el turismo, sobre todo norteamericano, y el propio Fidel Castro dijo: "a un gesto amable, otro gesto compensatorio". Aprendieron bien la influencia en la opinión pública norteamericana con el caso del niño Elián González y ahora piensan que el coqueteo con los hombres de negocios y políticos norteamericanos incrementará la presión en la Administración Bush para flexibilizar el embargo contra la isla, aunque comprenden que en un año donde debe relegirse en la Florida el hermano Jeb, no hay señales de un acercamiento posible.

Una parte de la puerta está abierta, pero la otra sigue trabada y seguirá estando así hasta que los políticos vean que no existe, es sólo un pequeño tornillo que traba el corredor entre dos mundos: ninguno está listo para levantar el bloqueo, pero sus pueblos necesitan conectarse y tal vez la próxima vez el amigo Jim pueda volar a la Habana en American Airlines.

La Habana, febrero 9 de 2002.

LNC Mayo 2001 – Sun-Sentinel Newspaper

La Nación... ¿y la Emigración?

De nuevo se habla de la posibilidad de una conferencia con los emigrados en La Habana, producto del planteamiento de Andrés Gómez, presidente de la brigada Antonio Maceo en Nueva York el año pasado, en una reunión con el canciller cubano Felipe Pérez Roque, en la misión de Cuba ante las Naciones Unidas.

Entonces como hoy, creemos que por encima de las aspiraciones y deseos de cientos de miles de emigrados, no sólo en los Estados Unidos, sino en diferentes partes del mundo, de viajar a la isla y ser escuchados por personalidades cubanas, debe esta vez primar el concepto del respeto a nosotros como cubanos y a la vez por nuestra parte a la sociedad cubana, sin cuyos sacrificios y coraje no fuéramos lo que somos, donde quiera que estemos.

Es hora de considerar que a pesar de las condiciones de nuestra partida, no todos somos enemigos, ni mafiosos, ni siquiera millonarios.

Todos los países como el nuestro, dadas sus condiciones sociales y económicas, tienen instituciones dedicadas a la atención y asimilación de sus comunidades inmigrantes, las cuales están dirigidas -sin duplicar las funciones de otros organismos- a la promoción de la cultura, facilitar el regreso, creación de becas para estudiar en el país, en fin, a la concentración de la reinserción de los inmigrantes al terruño.

En el caso de los Estados Unidos, si fuéramos a encasillar a los emigrados, pudiéramos tener tres grandes grupos. En primer lugar los llamados "exiliados", en su mayoría personas mayores de 70 años (con sus honrosas excepciones) o delincuentes de más reciente deserción, negados a aceptar la realidad de lo que es la sociedad cubana de hoy. Ellos mismos se excluyen.

Tenemos a los nacidos en los Estados Unidos, los cuales producto de la deficiente educación norteamericana y del odio implantado por los "exiliados", no conocen al país en su inmensa mayoría, pero cada vez más viajan a la isla.

Por último está la gran mayoría de los emigrados, personas de una edad promedio de 45 años, llegados después de 1980 y que viajan constantemente a Cuba. En estos momentos, casi el 50 por ciento del millón de cubano americanos residentes en los Estados Unidos posee un pasaporte cubano, lo cual es una intención expresa de viajar.

Estos dos grupos, son los más proclives de tener intereses en reintegrarse a la Nación, lo cual están haciendo efectivamente y a la vez, interactúan con cientos de miles de personas en la sociedad norteamericana, pues donde viven existen iglesias, escuelas, centros de trabajo y organizaciones sociales, en las cuales son participantes directos.

Si bien tradicionalmente los contactos por parte de instituciones y diplomáticos cubanos se han hecho con organizaciones de solidaridad y las escasas pero valientes asociaciones de cubano americanos favorables a la Revolución, es hora de comenzar a pensar que ese flujo constante de emigrados, sus hijos nacidos aquí y sus familiares y amigos, son los mejores embajadores de la sociedad cubana en los Estados Unidos.

No se trata de duplicar o tomar las funciones que instituciones aduaneras, de inmigración, diplomáticas o turísticas puedan tener y desempeñen como en cualquier parte del mundo lo hacen. Se trata de extender el conocimiento, el aprecio y la información sobre la música, el arte, la cultura y la educación dentro de nuestra emigración y sus áreas de influencia.

Creemos que es hora de considerar la creación de un museo de la emigración, donde se recoja la obra política, artística y social de tantos emigrados importantes dentro de la historia de la nación cubana y qué lugar mejor que el casco histórico de la Ciudad de la Habana, donde se ha dado una obra tan importante de rescate de nuestros valores.

Sin Cuba no tendríamos el respeto y el orgullo de ser cubanos quienes tomamos el duro camino del inmigrante. Pero somos millones y crecemos con nuestros descendientes, amigos y vecinos. Es hora de armarnos con lo mejor de nosotros mismos y comenzar a defender nuestra Nación.

Quién mejor para hacerlo que nosotros, los emigrados, continuando la tradición de Várela, Martí y Fidel, emigrados ellos mismos, quienes hicieron posible la sociedad cubana de hoy.

LNC Agosto 2002

YANQUI... COME HOME?

El despetronque -para hablar en cubano- está formado. Quienes de ser tan pro-americanos que hasta su equipo de béisbol y las gorras debían de ser de los yanquis, ahora no saben hacia dónde mirar.

Los republicanos y las compañías hacen cola para hacer negocios con el Gobierno Cubano y tirarse fotos con el presidente Fidel Castro. ¡El acabose! Ahora ya no se estila irse a escondidas por un tercer país, sino a la luz del día y por los aeropuertos «designados», como el de Miami.

Se desempolvan las guayaberas y se esconden los retratos y medallas de la época «dura», donde era de buen ver el ser extremista y contrarrevolucionario.

Pero la memoria de los pueblos no es corta. Ni los cubanos de la isla son tan estúpidos como muchos quisieran.

Se les fue el tren y no solamente con los suyos, sino con los otros. Con los rubios a quienes adoraron y perdonaron todos sus desmanes, discriminaciones e impuestos.

Más, ¿son solamente estos viejitos *despercolados* y sus herederos *sietemesinos* quienes integran la comparsa de los quedados? No señor. Hay de todo como en botica, pero quienes más preocupan son los neo-anexionistas.

No, entiendan, no se trata ya de anexar la isla a los Estados Unidos, esa idea estúpida no cabe ni en el *cacumen* de los trogloditas.

Nos referimos a quienes piensan que mañana, en un abrir y cerrar de ojos, vendrán las hadas madrinas del turismo norteamericano y...zuábana: los millones de dólares van a caer del cielo.

Desgraciadamente en el mundo real no es así. El turismo no se atrae: se conserva y más aún, produce y hace producir.

Mientras la mayoría del dinero de la industria sin chimeneas se esfuma en compras de productos para surtir esas mismas necesidades del turista, quemamos los beneficios de cada día en cosas que el patio puede producir. Los mangos no deben venir de Holanda, ni las sardinas de Madagascar. Pero esa es otra historia.

En los últimos diez años, sobre todo en la terrible década de los 90, por primera vez el pueblo cubano es libre de la injerencia extranjera.

Los barcos sencillamente dejaron de llegar. La colonia se acabó.

Pero no se esfumó la esperanza. Todos miramos adentro, arrancamos lo mejor de nosotros mismos y con ellos fertilizamos el futuro.

Puede que a algunos no les gusten sus colores. Los espejos nunca reflejan todos nuestros matices y es arduo reconocerse con el paso de los años.

Pero ellos son mejores que nosotros y a pesar de nosotros mismos.

Es por ello que hay que tener fe en el futuro y pintar de alboradas las paredes. No importan los muros carcomidos, las calles pedregosas que nos restriega la prensa en los papeles de afuera.

Esa prensa amarilla no ve a los niños, esos príncipes de la mañana, ir cada día de pañoleta y cariño, hacia la escuelita del barrio, tal vez sin zapatos nuevos pero con el uniforme brilloso del puño de amor que cada noche lo deja reluciente para su príncipe enano.

Pero son libres. Son felices. Son los cubanos de hoy, fruto de quienes se oxidaron la vida en los muros del odio.

No hay un niño cubano sin escuela.

No hay un niño cubano sin atención médica.

No hay un niño cubano que no sepa las letras de la dignidad que cada mañana canta con los colores de la Patria en esa fiesta inocente de nuestras escuelas.

Los americanos, con su mantequilla y sus dólares no nos van a hacer la vida fácil. Donde se gana esta batalla es en esas escuelitas de barrio, en el honor sudoroso de campo, costa y hotel.

Nunca seremos otra islita del Caribe, parada de cruceros, prostíbulo extranjero y estercolero de vicios.

Cuba seguirá siendo lo que somos y orgullo para nosotros, los emigrados, donde podamos decirle al amigo sincero: *Yanqui... Come Home!*

Ve a ver quienes somos, pues es allí en nuestros trillos y callejones donde está el cubano de veras.

Es en esas escuelitas de campo y barrio, encaladas por el pueblo para este septiembre donde está Cuba.

No hay que hacer muchos planes para atender la visita. Sólo mostrarle lo que nuestro amor y sacrificio ha creado.

LNC Octubre 2002

Teología del Miedo

Primero fue lo del 11 de Septiembre, donde indiscutiblemente la soberbia de unos y la estupidez de otros, llevaron de lo que sería una dinámica más de los juegos de guerra, a la muerte de miles de inocentes.

Luego los descalabros económicos, más tarde la interminable guerra de Afganistán con la persecución del invisible Osama Bin Laden; los secuestros de niños, los franco tiradores incapturables, y... ¿seguimos?

Una tras otra surgen y caemos en las trampas de la propaganda, diseñadas para extender la angustia, de la real, a la «fría» ficticia, a la amenaza nuclear y ahora a la espiral sin fondo del terrorismo.

Los resultados han sido efectivos para un grupo de poderosos. Nos hemos olvidado de cómo la economía se ha desmoronado, de que los precios del combustible, sin faltar petróleo, están por las nubes y los recursos naturales se desbancan uno tras otro.

Pero: somos republicanos. Tenemos a los Bush donde queríamos y ahora sólo nos queda prepararnos para lo peor.

La teología del miedo se acompaña con la desconfianza, la inseguridad y el conocimiento cimentado en el público de que nada tiene solución: los poderosos seguirán controlándolo todo y el sistema no funciona.

¡Bueno, despertemos entonces! Es real que los poderosos controlan el país. El dinero es la base del poder político y quienes lo tienen lo destinan a hacerse más fuertes con cada vez más dinero.

No existen los tiempos en que las etiquetas decían la verdad del contenido, ni la palabra de un hombre representaba más que un pedazo de papel.

Son tiempos de angustia y mentira, porque así se pueden controlar mejor a las masas. El ganado actúa contra colores fuertes y eso somos para ellos, ganado.

Con trapos de colores y abalorios nos enredan y enardecen, nos compensan y guían, nos convencen y despistan.

Pero tiene que existir esperanza en la fe, en el mejoramiento humano y en la posibilidad única de lo mejor de todos nosotros.

Lo fundamental es no temer al cambio. Insistir en la educación de los nuevos, aprender a separar del brillo la semilla y encontrar, aún en los afanes del matadero, a los puros.

No es tiempo de palabras, sino de acciones. Dejarnos arrastrar a la guerra por apetitos corporativos, al gasto innecesario de nuestro dinero duramente ganado, perdido en cada vez más impuestos inútiles, es un crimen real.

La verdad no se esconde, sale a las calles a enfrentar a la cobardía de los reycitos desnudos, pues cada vez clarean más las filas de sus manadas de hienas.

Es hora de tomar las riendas de nuestras vidas.

LNC Noviembre 2002

LOS FALSOS PROFETAS

Mucho alarido y escaso resultado. De un lado, los dueños de la verdad y de la mayoría silenciosa, sobre todo en las cajas registradoras de sus agencias de viajes y asociaciones de cuatro gatos. Del otro, quienes han hecho del odio una industria y de la intransigencia un modo de vida para vivir del ciento y mil de quienes les garantizan votos para seguir atados a la teta de la payola política.

Ni unos, ni otros, tienen otro interés en la sociedad cubana a no ser su propio beneficio o los ecos de su discurso en retrato ajeno. Olvídense del sufrimiento de nuestras familias y los osarios de balseros que acuna el océano, tu muerto es una desgracia, el millón en el periódico de ayer es estadística.

El exilio, emigración, comunidad o cuanto apodo quieran darnos a los inmigrantes cubanos en los Estados Unidos y Puerto Rico, se alimentó de cuatro arribazones fundamentales, respondiendo a los avalares tradicionales de las dinámicas de inteligencia Cuba-USA y a la necesidad visceral de las revoluciones que, parafraseando al Canciller Roa, como una olla de presión llena de chícharos, necesitan una purga periódica.

La del 59 y los sesenta, de criminales, batistianos y sus acólitos. La del 66, del puerto matancero de Camarioca hasta el Puente de la Libertad por el aeropuerto de Varadero. La famosa del Mariel, borrando el mito de un exilio educado y poderoso. La de Guantánamo provocando nuevas regulaciones migratorias entre los dos países y desde entonces el exilio dorado de los 90, integrado por hijos y familiares de la nomenclatura.

Miles de organizaciones políticas, programas de radio, iniciativas sociales, publicaciones y plataformas han ido caracterizando las arribazones cubanas a tierras de libertad, las cuales, con sus honrosas excepciones, sólo han sido útiles para el solaz público y el lucro de prohombres, cuyo principal mérito es la visión de un mercado fértil en una comunidad necia.

No piensen que encasillamos a izquierdistas o derechistas en estas definiciones. Ni siquiera a los que intentan ser de centro en un grupo de cubanos, benditos dementes.

La extrema izquierda cubana surge del propio exilio combatiente y sus acólitos, alimentada con desertores de todos los tiempos, acunando luego a los centristas demócratas, en busca de un espacio y, por qué no, de un suculento medio de vida.

Por supuesto que como toda regla, hay excepciones a favor de la constante.

Han existido figuras que con lo discutible de sus posiciones políticas o pasiones personales, han marcado un hito en la política cubana desde el exterior hasta que la parca o el desencanto se atravesaron en sus destinos.

Sin embargo, hoy no hay liderazgo, Una vez más todos los sentidos políticos no brillan con luz propia, sino con el reflejo de la isla grande.

Todo lo que dicen o hacen estos galanes, elocuentes en el cajón de bacalao, está dirigido a la búsqueda del Santo Grial, o sería mejor decir: el Dorado Grial de la industria de Cuba en los Estados

Unidos, al probar su influencia, de una forma u otra, en la sociedad cubana actual.

Unos lo hacen con menciones a media voz de pasadas glorias, fotos amarillentas o rumores sobre sus responsabilidades ocultas. Otros, con inexistentes misiones o contactos con una disidencia cada vez más exigente, sobre todo porque aprendió el valor de las subvenciones americanas, las cuales en su mayoría reposan en las cuentas de los heroicos combatientes de Miami.

De un lado a otro, en las cálidas noches habaneras con sus conciliábulos de arroz-con-pollo o roneros tronados, o en los Versalles de este Miami nuestro o los íntimos barbecues de Chivas Regal, todos coinciden en el mismo punto del dial: ¿dónde está la tajada?

La honestidad de los pocos no se discute, pero los resultados de su influencia en la situación actual sí. Las decisiones de la política con respecto a Cuba radican en los intereses de Washington y el cabildeo está poseído por intereses de grupos con prioridad hacia el statu quo de un embargo genocida y estúpido, pues los enriquece y mantiene en control. Por lo tanto, de esta manera no hay solución a nuestra relación con Cuba.

El principal problema de los cubanos en el exterior con la isla es migratorio. No sólo el hecho de salir, sino el de regresar. No como enemigos, o personajes de sainete, sino como cubanos.

Todas las comunidades inmigrantes representan para países como el nuestro una indiscutible fuente de recursos, la cual llega sin grandes gastos de inversión o promoción, pues se basa en el amor y las raíces de quienes regresan. Pero eso no es suficiente para la sociedad cubana, ni sus comunidades en el exterior.

La bienvenida no debe ser policíaca, sino con la apertura del reconocimiento a nuestro espacio social.

El contacto y el rencuentro deben existir, sobre la base del respeto mutuo y del desarrollo de lazos que promuevan el desarrollo.

En relaciones cambiantes, las trabas provocan conflictos, no sólo en el flujo económico sino en lo social y por lo tanto político. Esto no es extraño para quienes se les oxidó la vida en las fronteras del odio, pero sí un peligro para quienes hace tiempo enfundaron sus principios a cambio de treinta monedas verdes.

La influencia de la comunidad cubana en la isla se distorsiona hacia su peor faceta, la del impacto de mulas cargadas con el baratillo necio de lo peor de la sociedad norteamericana y el malsano impulso al mercado negro, la prostitución y la pérdida de valores morales, producto de la deformación de estos inmigrantes en los guetos de las ciudades de tierra firme.

Lo ideal sería no tener que agradecer a quienes vienen cargados de abalorios y billetes verdes. Pero es obvio, el país necesita del turismo y las remesas de los inmigrantes, mientras nosotros por otra parte, más allá del aire que respiramos, precisamos del reconocimiento de nuestra condición de cubanos plenos.

Todos, cantemos al Dios que digamos, añoramos el regreso, todos, estemos en el sendero político que escojamos, somos reconocidos como cubanos en el mundo y especialmente en las entrañas del monstruo por la sangre y el sacrificio de aquellos hijos de un pueblo que escogió el martirio antes que entregar la nación. Ellos lo hicieron por sus hijos y por los nuestros.

Los poderosos no entregan favores, las posiciones se conquistan al precio de la sangre.

Mientras pongamos en manos de mercaderes, desertores y necios las relaciones con nuestra nación, seguiremos siendo una emigración sin destino. Mientras se siga mirando con recelo al hermano, continuaremos siendo razón de conflicto y no motivo de integración.

Las palabras no resuelven por sí solas: serán las acciones de los justos las que nos llevarán a la solución del problema cubano. Levantar el embargo es una prioridad ineludible, pero sin unir fuerzas y aceptar la realidad, nunca podremos llegar a un consenso. La inacción se percibe como aceptación.

Podrá o no ser real el propósito de algunos de esperar por las decisiones de otros para promover un cambio, sin embargo, el sufrimiento de la familia cubana y los balseros muertos en el estrecho de la Florida, son hechos innegables. La Ley de Ajuste cubano no desaparecerá con palabras, sino con acciones dirigidas a conquistar al apoyo de la comunidad.

El momento es ahora, pues a través del entendimiento y la paz como nación, es donde encontraremos el consenso y la fuerza para el cambio.

LNC Diciembre 2002

SOBRE VISAS Y ENEMIGOS

Durante años el tema de los visados o permisos de entrada a Cuba ha sido motivo de debates hasta para muchos que no sufren la humillación de tener que pedir permiso para poder entrar a su propio país de origen.

Sin embargo, politiquería aparte, el hecho de establecer barreras a la entrada no radica solamente en el simplismo del control burocrático de funcionarios, el cual existe, o el interés financiero de determinadas instituciones, también evidente.

Tradicionalmente quienes más se ven sometidos a este sistema son las familias cubano americanas que regresan al país, ya sea a visitar a familiares o amigos, o sencillamente por volver a su terruño.

Pero hay algo más. La puerta de Cuba se ha tenido que guardar celosamente de enemigos bien evidentes, pagados y entrenados por el gobierno norteamericano, los cuales en muchos casos, han cometido delitos y ataques terroristas.

La sangre de inocentes de ha vertido por estos patriotas que han importado explosivos plásticos, armas, medios para atentados bacteriológicos, dinero falso y drogas.

¿Vamos a exigir abrir las puertas a ese peligro para el pueblo cubano? No creemos que sea un momento muy oportuno, ni en los propios Estados Unidos para usar esos argumentos.

Por supuesto que no deben pagar justos por pecadores. No todos somos enemigos y la labor de fronteras, policíaca y de control, debe ser dirigida a proteger al país, sin afectar los intereses económicos y de la reunificación de la familia cubana.

Ahora bien, veamos la otra cara de la moneda: las limitaciones de viajes impuestas por el embargo y las regulaciones migratorias norteamericanas.

En estos momentos para el cubano americano común y doliente, es necesario pedir un permiso para viajar a su propio país de origen, pues la ley norteamericana le permite, luego de llenar innumerables y costosos papeles, viajar legalmente, solo una vez al año.

No sólo eso, los viajes a Cuba, donde participan cada año cientos de miles de los dos millones de cubanos y sus familiares residentes en los Estados Unidos y Puerto Rico, no son por líneas aéreas regulares norteamericanas.

Aunque hoy en día aeronaves de American, Continental, United, Delta y Gulfstream vuelan a la isla, no lo hacen por rutas normales sino a través de compañías chárter o de alquiler de aviones desde tres ciudades norteamericanas hasta cinco aeropuertos cubanos.

Estos vuelos están obligados por ley a establecer férreos controles de seguridad en los aeropuertos norteamericanos, por las reales amenazas terroristas que se han presentado por esos combatientes del exilio que hoy lucen en vez de la piel del lobo la de la oveja.

Nos quejamos de los precios increíbles del papeleo y los pasajes a Cuba, pero tan pronto cualquier organización trata de promover un cambio en el embargo, nuestra doble moral y el miedo nos impiden participar en cualquier movimiento dirigido a nuestro beneficio.

La comunidad cubano americana envía cada año en dinero, medicinas, ropa y alimentos, o gasta en preparación de viajes a la isla cientos de millones de dólares aquí, en territorio norteamericano.

Pero la mayoría de ese dinero se queda en Miami, o en otras ciudades donde radican las mayores concentraciones de nuestra gente, por concepto de comisiones que cobran las agencias de viajes por el papeleo impuesto por el embargo.

El dinero se queda, no va para Cuba, pero al no existir un Consulado cubano en áreas donde el tráfico es mayor, como el caso de Miami, estas oficinas se convierten en intermediarias de un jugoso tráfico para el procesamiento de documentos de viaje.

La doble moral del embargo se extiende a los funcionarios norteamericanos, al nivel federal, estatal, de condados y ciudades, los cuales si bien exigen a los negocios legítimos relacionados con los viajes, costosas licencias, reportes y fianzas, no actúan contra las miles de oficinas ilegales, las cuales pululan en nuestras comunidades, ante la vista de estos oficiales.

La política genocida contra el pueblo cubano que ha constituido este embargo económico de más de cuarenta años, no actúa solamente contra el pueblo cubano de la isla, afecta y hiere a los cientos de miles de cubano americanos en los Estados Unidos y Puerto Rico en sus relaciones con la isla.

Hablamos de exilio y decimos que es un problema político, pero es un arma muy real, no contra el Gobierno cubano y su sistema político que no ha sufrido mella en más de cuarenta años: sino contra nosotros mismos, nuestras familias y hermanos de la isla.

Mientras tengamos, como el avestruz, la cabeza en la arena y el trasero al aire, no habrá cambio en esta situación y sí menos dinero para nosotros y más papeles inútiles entre nosotros y la isla.

Debemos exigirles a esos mismos políticos para quienes el tema de Cuba es un instrumento para velar sus payolas y maniobras corruptas, un cambio en nuestra situación actual, como ciudadanos y residentes plenos de la sociedad norteamericana.

Nadie, sino somos nosotros mismos, va a venir a quitarnos el embargo que sufrimos contra nuestras familias y las relaciones normales contra nuestro país de origen. .

LNC Enero 2003

No son todos los que están

La responsabilidad histórica de un funcionario diplomático va más allá de la ética profesional o los mandatos de su profesión.

En el caso del Sr. James Cason, jefe de la Oficina de Intereses de Estados Unidos en La Habana, ha rebasado tanto sus facultades, como su deber.

Nadie puede decir que los acontecimientos de las últimas semanas en Cuba no han tenido antecedentes, tanto en la política hostil y agresiva de los Estados Unidos, reflejada en documentos metodológicos como el Carril Dos, como en las declaraciones y orientaciones oficiales a sus funcionarios.

Lo lamentable y dañino a las relaciones entre los dos países, es que esa política y las acciones de estos diplomáticos estén manipuladas y dirigidas desde Miami, por los grupos más reaccionarios de esta comunidad, solamente interesados en mantener su negocio de la crisis.

No son todos los que están, ni están todos los que son en las noticias, ni siquiera de un libelo tan lamentable, vendido y amarillo como El Nuevo Herald, digno representante de la mejor tradición de la industria de la prensa corporativa norteamericana.

Detrás de esta intensificación de la agresión y las provocaciones han estado paso a paso nuestros tres congresistas federales y sus patrones, los papás y las mamás de la intransigencia y el odio.

¿Quién ha sido la más afectada por estas acciones de nuestro bien pagado hombre en La Habana?

La familia cubana. Hoy en día de las cacareadas 21,000 visas anuales para reunificación familiar no se otorga ni la tercera parte y no hablemos ya de las cantidades irrisorias de permisos para visitantes.

Además, ¿hacia dónde están dirigidas las medidas del tesoro federal para proteger a ciudadanos y residentes norteamericanos en sus viajes y relaciones con la isla?

A satisfacer a los extremistas que viven del dinero federal destinado a sus organizaciones de cuatro gatos.

Es risible que con los recursos y la organización de las instituciones federales que se ocupan de fiscalizar la industria de viajes a Cuba, estos agentes del desorden no puedan controlar a las cientos de agencias de viajes ilegales que operan bajo sus narices y estafan impunemente a nuestra comunidad.

Hoy en día se llenan de cacareos alarmados, las cuatro cotorras necias de la llamada radio cubana, sobre la infiltración de agentes cubanos en los grupos disidentes y de prensa independiente de la isla.

Nos preguntamos, ¿qué sucedería si en los Estados Unidos, un gobierno extranjero comienza a pagar y mantener una oposición anunciada, dirigida a perturbar el orden y derrocar al Gobierno legalmente electo?

No son nuevos los secuestros, las agresiones, el terrorismo y la subversión, pagados y alentados desde territorio norteamericano.

Tampoco es desconocido el hecho de que la política de Washington hacia Cuba sea más un manual de aplicación de procedimientos de insurgencia y

dinámicas de sedición que un programa diplomático para mejorar las relaciones con un vecino.

No somos tontos, ni estamos en los años 60. Esta
comunidad, al igual que el pueblo cubano, se mere-
cen el respeto de quienes dirigen la diplomacia
norteamericana.

Ahora habría que ver si quienes llevan el timón
de la aplicación de esa política hacia Cuba, tienen
la dignidad y la hombría de responder a los intereses del pueblo norteamericano, o son tan necios
como ese grupo de extremistas retrógrados que
permiten los controlen desde Miami. .

LNC Marzo 2003

LAS PUERTAS DEL PARAÍSO

Situar a la emigración cubana por orden de llegada es uno de las características más sintomáticas de la comunidad cubano-americana en los Estados Unidos.

Es como si por ósmosis, el hecho de vivir en este país, implicara un grado de desarrollo (o de corrupción) que borra todo vestigio de educación o principios de la persona.

En definitiva todos somos balseros. De una u otra forma, huimos, de nosotros mismos, del proceso revolucionario, de la familia o de delitos cometidos contra la sociedad cubana.

¡Pues entonces, no hay nada que reprocharse! Persigamos todos el sueño americano y en estas playas fundemos una nueva vida.

El hecho de que lo consigamos o no, no depende de Cuba, ni de quienes viven en la isla, ni siquiera del Gobierno de la isla: es parte de nuestra propia habilidad o calidad humana.

Entonces, ¿por qué la frustración y los golpes de pecho? ¿Por qué los alaridos de que nos han quitado todo, hasta la alegría de vivir?

Tal vez si hurgamos en lo profundo y oscuro de nuestros corazones veamos que el huir no trae la felicidad.

Ni en el horror *vacui* de las casitas repletas de adornos polvorientos y muñecos de plástico, en la selva de fotos amarillentas, aferrados a batuqueadas maletas, la encontraremos.

Hoy en día más de la mitad del millón de cubanos en los Estados Unidos y Puerto Rico tienen un pasaporte cubano.

Pregúntenles a los atribulados funcionarios consulares de Cuba en Washington que reciben decenas de miles de llamadas diarias, de quienes buscan actualizarlo para viajar a la isla.

Entonces, si viajamos al terruño, si nos desesperamos por mandarles dinero y paqueticos a familiares y amigos, ¿por qué el miedo a expresar públicamente nuestro deseo de normalizar las relaciones con Cuba?

Esos mismos que en cada esquina pregonan su intransigencia, aquellos a quienes mi abuela, tajante como el machete de su padre mambí, llamaba a no llorar como mujeres el país que no defendieron como hombres, empeñan lo poco que tienen y se escabullen a la isla a la menor oportunidad.

¿Entonces cuáles principios cacareamos? ¿Del de ser balseros morales? ¿De la doble cara de decir algo y hacer otra cosa?

Los propios norteamericanos reconocieron públicamente que su política de diplomacia de guante blanco no funcionó y cancelaron los llamados contactos de persona a persona (people-to-people).

¿Saben qué? La influencia por ósmosis funcionaba, pero al revés: los norteamericanos llegaban impresionados por la sociedad cubana, no sólo por sus logros o contrastes: si no por nuestra gente, por lo que somos, mucho más allá que aquí.

La política de moral en calzoncillos de este exilio plagado de atorrantes y necios debe cambiar, no por Cuba y su Revolución avanzando a pesar de nosotros mismos.

Mientras dejemos en manos de mercachifles y politiqueros las relaciones con nuestro país seguiremos como estamos y lo que es peor, comprometemos el futuro de nuestros propios hijos.

Hoy, más que nunca, peligra el futuro de nuestra nación.

Estemos a la altura, aún por un minuto de los hombres y mujeres que el sacrificio del pueblo de Cuba exige para merecer llamarnos cubanos.

Debemos arrebatarle a los apátridas la iniciativa y reconocer, en plena calle, nuestro deseo de ser parte de la obra de un pueblo heroico que durante cuatro décadas defendió, al precio de incontables sacrificios, no sólo su honor y existencia, sino el nuestro.

Al menos, tengamos la honestidad y el decoro de reconocer que sin Cuba, nunca seríamos lo que somos en este país.

Por su pueblo prosperamos y recibimos respeto, de ellos nos viene el orgullo y el derecho a ser cubanos. . .

LNC Abril 2003

EL CONCURSO DEL MIEDO

No me gusta inundar los e-mails de los colegas con historias trasnochadas y astutos golpes de pecho. No soy de quienes abruman a los demás con quimeras ajenas. La acción vale más que abanicar el viento y estoy convencido de que tenemos una sola mujer aherrojando el alma y el regalo de estos minutos en la tierra lo marca tu vida, no el semen que te procreó.

Contra nosotros hay una guerra. Quienes con nuestra esencia de cubanos estampada en la frente vivimos en las entrañas del monstruo, sabemos que cada día hay otro ardid contra la esperanza, otro eslabón de la ignominia, el odio y la vileza. No hay dignidad en los desertores, ni moral en los mezquinos, ni siquiera virtud en los pusilánimes.

A mis muertos queridos, a quienes se les oxidó la vida en las fronteras del odio y ahora sufren estoicos el olvido de los ingratos les digo: cada mañana, con mi bandera tricolor en la solapa, contemplo este amanecer ajeno, midiéndome por la estatura de sus vidas.

Nunca se está solo cuando no provocas la vergüenza de los tuyos.

Quienes nos acusan de extremistas, de soñadores, de compasivos y seguidores, siempre tendrán razón. No vale la pena una vida sin esperanza, no eres nadie sin la integridad de tu ideal.

Hoy en día, cuando suenan trinos de vacilantes, retumbar de plañideras y rugidos del poderoso, más que nunca recuerdo a mi bisabuelo mambí, pequeño, con sus manos de niño y aquel coraje más allá de su cuerpo que lo llevó, crecido, en las llanuras villareñas a comandar una banda de negros descalzos y embestir con cargas al machete a balas y ejércitos.

Mi bisabuelo Pablo, se ponía en atención ante mí para hablar de su general Maceo, sonreía sus secretos para recordar al dominicano Máximo, ponía palabras en el aire para recordar las ideas de Martí. "Mi'jo, lo difícil no es matar a un hombre, es vivir con él toda tu vida..." Ahora lo sé viejito, los muertos no se quedan tan muertos como dicen, ni el valor está en el arrojo y la potencia, es como el amor: entrega, sacrificio y respeto.

Como digo, no pierdo el tiempo de los amigos en palabrería y golpes de pecho. No estamos solos, nosotros, porque tenemos un pueblo inmenso que ha probado su fe en cuatro décadas de heroísmos, ustedes porque tienen bien claro a dónde los orienta la esperanza.

Pero no se imaginen los cobardes que sus acciones quedarán impunes en ninguna parte, ni siquiera en este pantano miserable.

Quien nos ataca o insulta, recibirá la bofetada de nuestra dignidad e independencia. Si no nos rindió el hambre, nunca nos doblegarán las amenazas, mucho menos el plomo enemigo.

Cada acción tiene dos respuestas, quien se someta al alcance de la ira tendrá su castigo, los mendaces e impostores de treinta monedas tendrán su hora y está más cerca de lo que piensan.

Ya es mucho, quiero recordar lo que decía el poeta, novicio y romántico como quisiera ser hasta el final de mi vida: "El amor, madre, a la patria, no es el amor ridículo a la tierra, ni a la hierba que pisan nuestras plantas; es el odio infinito a quien la oprime, es el rencor eterno a quien la ataca y tal amor despierta en nuestro pecho, el mundo de recuerdos que nos llama, a la vida otra vez, cuando la sangre, herida brota con angustia el alma; la imagen del amor que nos consuela y las memorias plácidas que guarda".

LNC Mayo 2003

EL CABALLO DE TROYA

Durante décadas la "comunidad exiliada" de Miami ha recibido el maná del Gobierno federal norteamericano, en la forma de "grants" y donaciones dirigidas a sustentar la lucha contra el régimen de Fidel Castro y sustentar la disidencia interna, así como los llamados grupos de intelectuales y profesionales "opositores" en diferentes sectores.

Las recientes detenciones y juicios a estas personas en Cuba han demostrado lo que escasamente la prensa norteamericana se ha tomado el trabajo de reportar: muchos de esos "opositores" son en realidad agentes del Gobierno cubano, infiltrados dentro de esos grupos, a los cuales han controlado de manera tal que las recientes reuniones en la residencia del embajador norteamericano en La Habana, James Cason (jefe de su oficina de intereses), fueron preparadas por ellos.

No es reciente ni poco común que desde principios de los años 60, cuando la entonces triunfante Revolución Cubana tomara el poder en la isla, los esfuerzos para derrocarla dirigidos desde Miami hayan terminado con agentes de la inteligencia del Gobierno cubano denunciando a quienes con dinero norteamericano promovían la subversión en la isla.

Pero ahora surge una modalidad nueva: el disidente fantasma.

Durante años de los más de $70 millones de dólares generosamente esparcidos entre cientos de organizaciones del "exilio", entre las cuales prosperan desde revistas operando en apartamentos y garajes de viviendas del sur de la Florida, con el personal limitado a familiares y amigos de los beneficiados propietarios sin preparación profesional alguna para estas labores, hasta las organizaciones de cuatro gatos que prosperan en esta ciudad, ni siquiera la décima parte se envía a la isla, a sus supuestos corresponsales y partidarios.

Los estudios y programas que desarrollan estas instituciones y grupos más parecen descripciones de ciencia ficción que informes reales para justificar el dinero de los contribuyentes norteamericanos tan generosamente distribuido entre estos profesionales de la "lucha contra Castro" como el caso del programa de la Universidad Internacional de la Florida (FIU) para entrenar a distancia a los periodistas "independientes" dentro de la isla (¡?).

Las nóminas de miembros en la isla, con sus honrosas excepciones muestran en su mayoría de los nombres que ya se conocen por la prensa oficial del exilio, como El Nuevo Herald, mientras que las estaciones locales de radio y televisión y las transmisiones federales, están integradas por agentes de la inteligencia gubernamental de Cuba y disidentes inventados para inflar las jugosas nóminas de estas organizaciones.

Sin embargo los tiempos están cambiando para estos grupos expertos en "la lucha contra Cuba".

Las instituciones federales norteamericanas están revisando estos dólares esparcidos a los cuatro vientos para concentrarlos en manos de quienes puedan verdaderamente cumplir dos objetivos: la publicidad en Internet y la prensa "exiliada" de las "violaciones de los derechos humanos en Cuba", y

la influencia en los votantes de la tercera generación orientados por las emisoras de radio del sur de
la Florida.

He aquí un somero listado de algunos "grants" y
donaciones privadas destinados a estos personajes
de la "industria de la disidencia" y a los objetivos
de "diplomacia de guante blanco" de las instituciones norteamericanas.

Asignaciones para Cuba de la Fundación Arca:
Center for Constitutional Rights, New York, NY,
$40,000; Center for International Policy, Washing-
ton, DC, $35,000; Cuba Policy Foundation, Wash-
ington, DC, $450,000; Fund for Constitutional
Government, Washington, DC, $100,000; Funda-
ción Amistad, East Hampton, NY, $45,000;
Georgetown University, Washington, DC, $2,500;
Hamptons Film Festival, New York, NY, $2,000;
Institute for Human Rights and Responsibilities,
Galena, OH, $4,000; The John F. Kennedy Center
for Performing Arts, Washington, DC, $75,000;
Lexington Institute, Arlington, VA, $35,000, 1
Matching grant for $100,000, 2 Additional $
174,000 2000 grant disbursed in 2001; Medical
Education Cooperation with Cuba, Atlanta, GA,
$75,000; Medical Education Cooperation with Cu-
ba, Washington, DC, $25,000; National Medical
Association, Washington, DC, $3,500; National Se-
curity Archive Fund, Inc., Washington, DC,
$50,000; Persephone Productions, Inc., Arlington,
VA, $50,000; St. Augustine-Baracoa Friendship
Association, St. Augustine, FL, $25,000; Washing-
ton Office on Latin America, Washington, DC.
$25,000; Washington Office on Latin America,
Washington, DC, $2,700; William Velasquez Insti-
tute, San Antonio, TX, $2,400.

Del Nation Endowment for Democracy: Center for a Free Cuba, $17,000; Committee for Support of Independent Farmers' Cooperatives in Cuba, $52,000; Cuban Committee for Human Rights, $65,000; Cuban-American Military Council, $50,000; Cuba-Net, $35,000; Federación Sindical De Plantas Eléctricas, Gas y Agua, $51,000; Information Bureau on Human Rights Movement in Cuba, $65,000; International Republican Institute, $350,000; Revista Encuentro de la Cultura Cubana, $80,000.

En el caso de USAID, la agencia federal "para el desarrollo internacional", ha distribuido dinero a manos llenas como el caso de la llamada Freedom House que ha recibido partidas anuales de hasta $1.3 millones de dólares.

De acuerdo con informaciones publicadas por la propia agencia, las cantidades anuales de dinero anuales para estas organizaciones superan los $10 millones de dólares la mayor parte para instituciones como la publicación Internet CubaNet, de Miami.

Este presupuesto multimillonario ha incluido a profesores y centros de estudios superiores en todo el país, como el caso del International Republican Institute la Universidad de la Florida que recibió $110,000 para estos estudios.

Con vistas a paliar la misión imposible de organizar estos grupos familiares y asociaciones de cuatro gatos, la USAID apoyó la creación del Instituto para la Democracia en Cuba, una coalición de 10 grupos de Miami, a la cual se entrega un $1 millón de dólares anuales para preparar videos sobre historia de la humanidad, comenzando con la antigua Grecia para ser distribuidos dentro de Cuba.

Desde 1996 hasta Abril 2000, el programa destinado a Cuba de la USAID Cuba ha distribuido a sólo tres universidades y 15 de estos grupos: $6, 419,275.

Una de las organizaciones que más fondos recibe, el Center for a Free Cuba de Washington, con $1.45 millones, tiene entre sus objetivos apoyar el embargo a la isla y asistencia a los "disidentes".

Según reportes oficiales este Centro utiliza a turistas a la isla para distribuir copias miniaturizadas en español del libro de George Orwell "Animal Farm" y el del Presidente checo Vaclav Havel's "The Power of the Powerless", así como la Declaración Universal de los Derechos Humanos. Otras instituciones que reciben dinero federal para estos objetivos son el American Enterprise Institute for Public Policy Research, Washington, DC, $60,000.

El programa fue inaugurado en 1996 con Freedom House y se expandió en 1997 a otros 18 grupos. Hasta el año pasado habían pagado más de $13 millones de dólares, en dinero que no solamente se ha destinado a promover la disidencia, sino en entregarles plumas, papel, libros, máquinas de escribir, faxes y equipos hasta un total de $3.65 millones de dólares.

He aquí algunos de los destinatarios: Center for a Free Cuba, $900,000; Cuban Dissidence Task Group, $250,000; Freedom House, $775,000; The Institute for Democracy in Cuba, $1, 000,000; International Republican Institute, $725,000; Programas para el "análisis de la transición en Cuba", International Foundation for Election Systems, Rutgers University y el U.S.-Cuba Business Coun cil: $802,000.

Para la "prensa independiente" en sólo un año: $670,000, entregados a: Cuba Free Press, $280,000; CubaNet, $98,000; Florida International University International Media Center, $292,000. Para promover un movimiento "independiente" de trabajadores se comenzó con una modesta asignación de $393,575 para el American Center for International Labor Solidarity ($168,575) y el National Policy Association ($225,000).

Promoviendo la formación y el desarrollo de instituciones "no gubernamentales" en la isla, de base, profesional y de protección al ambiente, dos instituciones recibieron: $408,700. Es el caso de la Pan American Development Foundation con $236,700 y Partners of the Americas, $172,000.

Para la distribución de información: Cuba On-Line ($300,000) y Sabre Foundation ($85,000) para un total de $385,000.

Nota importante: Estas cifras son parciales y representan programas que comenzaron y anualmente han tenido variaciones en sus asignaciones, en la mayor parte de los casos para el incremento de los fondos aportados.

LNC Mayo 2003

NI MÁS, NI MENOS

En días recientes hemos sido testigos del retumbar de plañideras y el eco de bravatas contra quienes decidieron no financiar tertulias de picadillo y café cubano.

Lo que cada cual haga con su dinero es su problema.

Cuestionamientos éticos aparte, de aquello de la obligación moral de quienes viven de la familia cubana y deberían retribuirle el favor.

Pero ése es otro problema. El de hoy tiene que ver con la manutención de quienes han decidido vivir del punto cubano y no precisamente de la música.

Estos vividores han hecho de la radio en español una tribuna que más allá de la defensa de los intereses de la nación -a uno y otro lado del mar- suena a trapiche y no precisamente azucarero.

Es el mismo esquema de uno y otro bando, pues estos desertores aprendieron bien la lección: lo que paga no es la integridad y el profesionalismo, es venderse al mejor postor.

Por supuesto que quien tiene amigos tiene un central, como decía la canción y como muchas otras cosas, éstas funcionan en La Habana y en Miami, sobre la base de la percepción de la realidad y de los intereses de determinados grupos de poder.

El hecho del casete bajo el brazo -ahora se estilan los e-mails- para impresionar a los necios y venderse como los nuevos 007 del exilio, con nombres retumbantes de tertulias de cuatro gatos y programas en estaciones de a cuarta, hasta ahora ha resultado.

Sobre todo donde importa para estos personajes, en los cheques de agencias de viajes, *charteadores* y otros "negocios" relacionados con Cuba, establecidos todos en Miami.

Pero nada en la vida es para siempre.

Quisiéramos aclarar a la altura de este punto que este humilde periódico, desde su fundación en 1999 nunca y jamás ha recibido un centavo de instituciones u organismos cubanos, ni siquiera recomendaciones para obtener fondos.

Malvivimos de los anuncios y de la buena fe de los hombres de negocios que creen en la integridad de nuestro esfuerzo, a pesar de que nuestra pequeña obra no les represente pesos y centavos. Les da descuentos en sus impuestos, pues la publicidad es deducible, pero ésa es otra historia.

Aquí todo el mundo es voluntario, menos nuestro heroico y mal pagado repartidor quien como los mambises, a punta de machete defiende nuestra presencia hasta en las agencias de viajes.

Volviendo a los vividores de marras, se asustan ahora al perder su jugosa tajada quienes ven secarse esa fuente de suministro ante quienes no encuentran la ventaja de mantener programas e instituciones que no representan nada, no sólo para sus negocios sino para la comunidad cubana de la cual viven estas agencias y *charteadores*.

En Miami, como en La Habana, como en otros lugares, estamos en un nuevo siglo, se necesitan otras voces y argumentos nuevos.

Sobre todo, ya es transparente que quien tiene como principio complacer no hace periodismo, ni tiene integridad.

Tenemos suficiente de esto en la prensa exiliada, muchas gracias.

Recuerden señores, las lecciones de la escuela: "La Patria es ara y no pedestal".

Nunca vimos a nuestros próceres aceptar dinero de un gobierno extranjero para trabajar por la libertad de Cuba. Ahora, quienes se dicen cubanos y hasta quienes juraron otra bandera y con ello prometieron defenderla deberían tener la integridad de olvidarse de complacer para vivir sin trabajar.

¿Es mucho pedir?

LNC Junio 2003

EL NEGOCIO DE LA CRISIS

Durante años las relaciones de los Estados Unidos con Cuba se han basado en dinámicas dictadas por instituciones de inteligencia, más que por políticas de estado.

Analizando los acontecimientos de estas cuatro décadas, los puntos claves de las relaciones y los hitos que han marcado los niveles de tensión entre ambos países comprueban este aserto.

Sin embargo, no sólo los políticos culpables y las partes muy interesadas que basan su nivel de vida en estos acontecimientos se han visto involucrados.

Quien más ha sufrido en este largo y doloroso proceso ha sido la familia cubana.

Separación, falta de comunicación, períodos completos de prohibición de viajes y encuentros familiares, y barreras de todo tipo a esos contactos, han sido el resultado de los esfuerzos de estos negociantes del dolor.

Todo el mundo tiene su historia en esta orilla del canal y no voy a hablar de la isla, pues no vivimos allá, pero la comunidad de cubrir a todos con el manto de la sospecha y la duda, es muy cómoda a la hora de justificar injusticias y desplantes.

Por las presiones de la politiquería necia y barata de quienes viven de la gritería y la amenaza en Miami, el Gobierno federal norteamericano ha instrumentado un complejo sistema de controles y sanciones a quienes se atrevan a ejercer su derecho a viajar a Cuba.

Es de todos conocidas las prohibiciones de viajes, envíos de dinero o de la cantidad de aspirinas que cada seis semanas se pueden hacer llegar a un amigo o pariente.

Sin embargo estos agentes del desorden no mueven un dedo para impedir las estafas y los costos increíbles de un viaje a la isla, impuestos por agencias de viajes que determinan por sus niveles de codicia los precios por un papel para viajar.

Un ejemplo. Un cubano americano necesita una visa (permiso de entrada): $130.00 plus las cuatro fotos; un pasaporte cubano (oscila en mantenerse actualizado): $280.00 plus las cuatro fotos; un pasaje en un vuelo chárter de una hora a la Habana: $329.00 y luego $50.00 de impuestos variados en el aeropuerto de Miami.

Estas cantidades de dinero, normalmente en efectivo se pagan a estos agencieros en oficinas ubicadas en los más populosos barrios donde se concentra nuestra gente, tanto en Miami, como en New Jersey, los Ángeles o Chicago, entre otras ciudades.

Pero, ¿cumplen todos con las famosas y entrecruzadas regulaciones federales? Por supuesto que no.

Para ejercer este *trade*, estas agencias de viajes necesitan tener una licencia federal del Departamento del Tesoro para procesar estos documentos: el 90 por ciento no la tiene.

Aparte de ello una licencia del estado de la Florida para vender esos boletos: el 95 por ciento no la tiene.

O una licencia y un bono de depósito para enviar dinero a Cuba: el 95 por ciento no lo tiene.

No vamos a contar aquí los permisos del Departamento de Comercio federal, o de los condados y ciudades donde están ubicadas estas oficinas.

¿Qué hace el Gobierno federal al respecto? Como los tres monitos: ni oigo, ni escucho, ni digo.

Sin embargo, esta conspiración del silencio no solamente llega a las autoridades federales. Ni siquiera los funcionarios estatales, o de las ciudades o condados involucrados se preocupan por que se cumpla la ley.

Otra parte cómplice es la prensa local. Nunca se escribe una línea sobre el tema de los viajes que no sea para insistir en que sean prohibidos.

¿A dónde fue a parar el concepto tan cacareado del periodismo democrático norteamericano de defender los intereses del público e informar con veracidad? No es nada más que representativo.

Este famoso negocio de la crisis alimenta a demasiada gente para que se detenga ante algo tan sencillo como hacer cumplir la ley o proteger al consumidor.

Hay muchos intereses relacionados y dependiendo de que se mantenga un embargo para mantener controles, presiones y chantajes que les permitan vivir de controlar puertas y cerrojos, o lo que es peor, arrogarse el derecho al contacto entre familias y a la normalización de las relaciones entre dos pueblos vecinos.

Pero seguimos siendo borregos. Nuestras comunidades siguen atenazadas por el miedo y controladas por *microfoneros* que cambian de bando en la medida de sus intereses.

Los pueblos son libres cuando controlan su miedo al futuro. No necesitamos leer constituciones o cantar himnos para aprender como enfrentar la injusticia.

Mientras necesitemos traductores para nuestras libertades, careceremos de la valentía para exigirlas.

LNC Agosto 2003

LOS TRES MONITOS

Continúa la saga de la entrepierna núbil en la prensa de Miami. Para El Nuevo M...sigue siendo política inamovible el hecho de mantenerse fuera de las aguas profundas.

Un periódico sin editoriales, sin espinazo y con la proa bien puesta a los anuncios, tan bien orientado que sin el menor rubor llena páginas de eventos costeados con dinero mal habido.

Tanto va este cántaro a la fuente que se agota hasta la mínima vergüenza, como si no fuera bastante su saga de mentiras, errores y olvidos voluntarios como la ofensa a toda una comunidad cristiana, con el olvido de la muerte del Santo Padre.

Pero no oyen, no ven y no lo dicen. Esperan a que suene en la radio, lo imprimen y luego sale en la televisión. Sigue la serpiente chupándose el rabo.

Cuando quienes debieran ser los representantes de esta comunidad, ratas elegidas a golpe de billete y maza de estupidez y cacareo radial, convirtieron por ucase al cubano en ciudadano de tercera clase, nada dijeron.

Cuando se humilla y ofende a la comunidad que con su sangre y sudor ha construido la riqueza del sur de la Florida, donde también se alimenta este periodicucho, siguen callados, pero llenan sus páginas de loas a los asesinos y terroristas los cuales buscan su lugar en nuestras calles, con la larga lista de otros de todas partes del continente.

La tinta podrá comprarse por barriles, el papel amarillo vendrá en todos los contenedores del mundo, pero el honor, la decencia y la ética profesional, no se enseñan en las academias donde aprendieron estos personajes.

Nadie les pide que vivan con esta comunidad, ni siquiera pensamos sean capaces del respeto a quienes sudamos la camisa todos los días para ganarnos el pan.

Pero no insulten nuestra inteligencia al llamarse nuestro periódico. No piensen ni por un minuto que este pueblo se traga la bula de venderse como los representantes de la «libertad de expresión» al estilo americano.

De ser así, estamos convencidos y hoy como ayer, la prensa amarilla tuvo y tiene una razón para existir. Sus herederos no necesitan un papel enmarcado en la pared para probarlo.

Sencillamente pongan su firma en El Nuevo M...

LNC Abril 2005

Documentos

Gerardo **Fernando** **Antonio**

Ramón **René**

Febrero 28/ 2003.

Estimados amigos de la "NACION" :

Les felicitamos por el excelente ejemplar del 30 de Enero con motivo del 150 aniversario del natalicio de nuestro José Martí, y donde exponen, con valentía, el rostro vil de aquellos terroristas que desde suelo americano, hacen tanto daño a nuestra Cuba, y al propio pueblo de E.U. Gracias por, en t. (ex..... .licar también nuestro artículo.

Continuen con la denuncia, y defendiendo la verdad de nuestros pueblos, que es manera especial de salvar el honor de nuestra humanidad y la historia.

CONTINUAREMOS LUCHANDO CONTRA EL TERRORISMO, CON LA ABSOLUTA SEGURIDAD DE QUE LA VICTORIA ESTA AHI, ESPERANDO PARA GERMINAR.
EN NOMBRE DE MIS CUATRO HERMANOS TONY, GERARDO, RENE Y FERNANDO Y EN EL MIO PROPIO, MUCHAS GRACIAS POR SU APOYO Y SOLIDARIDAD CON NUESTRA CAUSA.
FRATERNALMENTE,
RAMON LABAÑINO SALAZAR

NO SOY
(DECLARACIÓN DE PRINCIPIOS)

NO SOY
DE LOS COBARDES QUE ARRODILLADOS
PIDEN CLEMENCIA
QUE ESPERAN CUAL DAMICELAS LLOROSAS
QUE EL IMPERIO DESHONRE LA ULTIMA GOTA DE VIRGINIDAD

NO SOY
DE LOS INTELECTUALES VACILANTES Y FLOJOS
QUE ESCONDEN BAJO DIATRIBA VERBORREICA
EL MIEDO A LA VIDA Y A LA MUERTE
EN TIEMPOS DIFÍCILES, EXIGENTES DE VALOR Y FIRMEZA

NO SOY
DE LOS QUE TRAICIONAN
NI DE LOS QUE SE ARREPIENTEN
NI DE LOS QUE DESVERGONZADAMENTE
CAMBIAN DE BANDO Y PRINCIPIOS

YO SOLO SOY UN HOMBRE CON CAUSA
DESCUBIERTA Y ABRAZADA UN DIA
Y POR ELLA VIVO Y LUCHO

Y SI ME QUEDARA SOLO
SOBRE LA FAZ DE LA TIERRA
Y SI FUERA EL UNICO SER VIVIENTE DEL UNIVERSO
CONTINUARIA DEFENDIENDO CON MI VIDA
HASTA LA ULTIMA GOTA DE SANGRE
EL SUEÑO DE UN MUNDO MEJOR
PARA NUESTROS PUEBLOS

VIVIRIA Y MORIRIA FELIZ
SATISFECHO
DESPUES DE TODO
YO SOY DE LOS QUE NO CLAUDICAN

Ramón Labañino Salazar
Mayo, 17, 2003
U.S.P. Beaumont, Texas

16 de junio del 2002.
Lic. Pedro González Munné
Editor Jefe
La Nación Cubana newspaper.

Estimado señor Munné:

La presente carta la envío a usted con el objetivo de agradecerle al periódico que usted dirige el envío que recientemente hicieran de la edición correspondiente a la quincena del 1 al 15 de mayo.

La Nación Cubana constituye un oasis de información y libre expresión en un ambiente dominado por el extremismo y la intolerancia. Se agradece el esfuerzo que usted y los colaboradores del periódico hacen.

No seré yo el único lector de La Nación Cubana en este lugar. Ya varias personas se han interesado en leer el mismo.

Agradeciendo por la labor que usted realiza y por el envío del periódico para mi disfrute, le saluda sinceramente,

Fernando González Llort
F.C.I. Oxford
Wisconsin.

Beaumont, Texas, July 14th/2003.

Estimado Señor Pedro González-Munné:

Con mucho gusto pongo a su disposición, un poema y un artículo que escribiera recientemente.

Es mi forma modesta de agradecer a usted, y todos los hermanos de "La Nación Cubana", todo apoyo y solidaridad.

Es también un pequeño aporte a esta lucha de nuestros pueblos por un mundo mejor y más racional para toda la humanidad.

Reciba el abrazo fraterno de los cinco, y mi especial gratitud.

¡Cuba Vence!

Ramón Labañino Salazar.

Beaumont, Texas, Agosto 8/2002.

Estimado Señor Pedro González Munné :

"NO HAY MONARCA COMO UN PERIODISTA HONRADO"- José Martí en el articulo "UN GRAN ESCANDALO", "LA NACION", Buenos Aires, 28 de Marzo de 1886.

"LA PRENSA NO ES APROBACIÒN BONDADOSA O IRA INSULTANTE; ES PROPO-SICIÒN, ESTUDIO, EXAMEN Y CONSEJO" - José Martí, "Escenas mexicanas" Revista Universal, México, 8 de Julio de 1875.

Con estas frases de nuestro Apòstol, que conminan y educan al buen periodismo, quisiera expresarle, nuestro agradecimiento por su bondadosa gestiòn en enviarnos ejemplares de su periódico "LA NACION".

Continue usted y todos los colaboradores de su periòdico, llevando la VERDAD que haga cabal justicia a la honradez periodística de la que hablò nuestro José Martí, en aquella, tan querida Ciudad de Miami, que tanto necesita del concurso y esfuerzos de hombres y mujeres de bien, que hagan luz dentro de la òpaca tiniebla periodística que allí se vive. Cuba y la Historia, sabrían agradecerles.

A todos ustedes, gracias por sus esfuerzos, y su bonita obra. ¡SIGAN ADELANTE!

Con todo afecto;

Ramón Labañino Salazar.

155

Prisión Federal de Lompoc, California
Noviembre 19, 2002

Sr. Pedro González Munné
The Cuban Nation Newspaper
P.O. Box 114012
Miami, FL 33111-4012

Estimado Pedro González Munné,

Le escribo, en primer lugar, para expresarle mi agradecimiento por los ejemplares de "La Nación Cubana" que hemos estado recibiendo. Desde aquellos primeros números que me llegaron a la cárcel de Miami, hasta estos días, he podido comprobar que el periódico ha continuado ganando en calidad, tanto en el contenido como en su formato, por lo que sinceramente lo felicito a usted y al resto de las personas que participan en su edición.

La otra razón que me ~~~~~~~~~~~~ es que hoy he recibido la estampa que demuestra ~~~~~~~~~ fue enviado, pero llegó sola (la adjunto) y el último número que recibí fue el primero que salió después del 13 de agosto. El guardia que reparte el correo me dijo que a él solo le llegó éso, y como en este lugar nunca he tenido problemas con la correspondencia se me ocurre pensar que podría haber ocurrido algo por el camino. El caso es que, si la memoria no me traiciona, no he recibido ninguno de los ejemplares con este tipo de cubierta, los que me llegaron venían en sobres.

156

②

Tal vez haya sido un accidente y no se trate de ningún tipo de "vandalismo", pero creí oportuno que lo supiera. Con la esperanza además de poder recibir este y cualquier otro número, por viejo que sea, si no es mucha molestia.

Quiero que sepa, además, que siempre comparto el periódico con los otros cubanos que me acompañan en este lugar, y tiene muy buena aceptación entre ellos.

Copia

Sin más por el momento, le reitero mi sincero agradecimiento.

Atentamente,

[firma]

Para Pedro González-Munné y Todos los miembros
de "La Nación Cubana".

;¡ Continuen su valiosa Obra!"

Copia ...eremos!"

Sus Cinco hermanos;

Antonio, René, Fernándo,
Gerardo,

Ramón Labañino Salazar

Dic 24/2003

Estimado Pedro González Muñoz: aqui le remito, aunque le asombre que mi cultura política... pueda ser uno que desea desarrollarse a todo su generosidad.

¡18/2 Año Nuevo 2003!

Reciba usted y todos los hermanos y amigos de "The Cuban Nation News" paper, el saludo y mejores deseos de éxitos, en ese año nuevo 2003-4, 44 Aniversario de Nuestra Revolución, a nombre de mis Cuatro hermanos: Tony, Gerardo, René, Fernando y el mío propio.

Considero tan valiosa obra, y que si se les alzvade camino en cada no de la página de su periódico, y considerarme[nte] por su bondadosa descripción.

Aprecio les para enviar agradecimientos que escribí recientemente y ojalá sean útil de alguna manera. Disponga usted de mi la forma que crea apropiada. Ds.

WARM WISHES
FOR A
COOL YULE!

¡Viva 44 Aniversario del Triunfo de la Revolución!
¡Viva Cuba libre, independiente y Soberana!

Ramón Labañino Salazar
Dic 27th/2002

Este libro es el segundo de una trilogía,
la cual incluye *Al Sonido de Mi Mismo* y
Ciénaga de la Angustia.
Junio de 2006

Postal Office Box 14-0253
Coral Gables, FL 33114-0253